KB109566

이 세상은
너 하나로
충분해

이 세상은 너 하나로 충분해

발행일	2021년 2월 5일		
지은이	백승훈	사진작품	윤일기
펴낸이	손형국		
펴낸곳	(주)북랩		
편집인	선일영	편집	정두철, 윤성아, 배진용, 이예지
디자인	이현수, 한수희, 김민하, 김윤주, 허지혜	제작	박기성, 황동현, 구성우, 권태련
마케팅	김회란, 박진관		
출판등록	2004. 12. 1(제2012-000051호)		
주소	서울특별시 금천구 가산디지털 1로 168, 우림라이온스밸리 B동 B113~114호, C동 B101호		
홈페이지	www.book.co.kr		
전화번호	(02)2026-5777	팩스	(02)2026-5747

ISBN 979-11-6539-542-1 03810 (종이책) 979-11-6539-543-8 05810 (전자책)

이 세상은 너 하나로 충분해

불꽃보다 강렬한 사랑
윤일기의 사진작품이 있는
백승훈의 노래와 시 이야기 93편

시 백승훈
사진작품 윤일기

영혼조차
불사를 수 있어야
진짜 사랑이다!

2020 KTL[illegible]

북랩book Lab

내 속의 '나' 살아내기와 그리움

'나'는 태어나면서부터 살아가는 법을 익히기 시작한다. 그냥 맹목적인 보호 안에서 물리워지는 젖을 빨며 위태롭게 생존하는 것 같지만 사실은 그것과 매우 다르다.

눈에 보이지도 않을 만큼 쬐끄만 한 톨의 세포가 '나'라는 이름으로 세상에 난다. 우주 안에서 그렇게 열리는 조용한 태동이 하나의 신비이고 엄청난 대격변의 시작이다. 그렇게 이미 '나'는 엄마의 뱃속에서부터 치열하고 장엄한 삶을 시작하는 것이다. 엄마의 감정을 오롯이 받아 생각의 뿌리로 속속들이 내리고 무럭무럭 자라며 밖의 세상을 엄중히 걸러서 만나기 시작한다. 엄마의 보호막이 절대적인 건 아니어서 지나친 자극에 대한 여파를 뜻하지 않게 강렬히 받기도 하지만 그것까지도 생존의 몫이다. 크고 작은 숨소리부터 미세한 감정의 굴곡까지도 같이 간다. 그렇게 엄마가 지닌 고유의 색을 내려받기하며 세상에서 하나뿐인 캔버스로 자리를 잡아간다.

생각과 행동의 능력을 엄마의 핏줄로부터 고스란히 받으며 바탕색을 그려나가는 나. 은은한 하늘색일 수도 있고 눈부신 개나리색이나 엷은 분홍색일지도 모른다. 엄마의 상상과 희망과 간절함과 바람이 만들어 내는 이 색깔들로 잠재적 삶의 에너지를 바탕에 응축하게 된다. 이미 '나'는 다각도로 자신의 삶의 방식에 대한 토양까지 준비하다가 세상을 만나게 되는 것이다. 오 남매의 막내로 그런 준비를 거치며 태어난 [나]

는 한없이 맑은 영혼의 울 엄마를 닮아 때 묻지 않은 투명한 캔버스를 머금고 태어났다. 늦둥이에다 막내여서 나름 애틋한 사랑을 받으며 자랐다. 동네방네 손까지 타며 방긋방긋 자랐다. 그런데도 늘 무언가가 부족했다. 어린 나이에 집안에 갑자기 들이닥친 풍파의 탓도, 몰락한 가문에 휘몰아친 가난 때문만도 아닌 것 같았다. 철이 들며 어렴풋이 짐작되는 게 하나 있긴 했다. 분명하게 이것이다, 라고 딱 꼬집어 말할 수는 없겠지만 지금에 와서 찬찬히 생각해보니 인간이 지니는 진솔함에 대한 갈증, 그리움이 아니었던가 싶다. 살아가는 데 가장 어려운 일이 사람을 만나는 일이었고 더욱이 순수한 마음을 만나기가 하늘의 별 따기만큼 어려운 일이라는 것을 몸으로 깨닫게 된 어느 때부턴가 본격적으로 증상이 나타나기 시작했던 것도 같다. 의도와 다르게 흐르는 게 삶이고 뜻하지 않게 만나는 게 운명이었던 것도 세월을 머금으면서 알게 되었다. 그 운명이 척박하고 힘든 것을 알면서도 모든 것 기꺼이 내어줄 때까지 시리고 저리고 아프면서도 그조차 소중하고 그립도록 한 사람을 품은 삶이 온전히 내 것이어야 하는 것도.

이런저런 만신창이의 감정을 나누어 챙긴 나. 보이지도 않고 만져지지도 않는 마음을 안고 내 앞에 놓인 삶을 끝끝내 살아내는 존재가 '나'이고 또한 너이기도 하다. 생각이 움트던 까마득한 기억 속의 나, 생각이 감정의 파도에 휘둘리던 나, 돌아보니 때때마다 헤아릴 수 없이 많았던 나. 그 수많은 내가 해마다 세상의 사람들을 만나고 헤쳐나오다 기어이 운명을 만난다. 그 운명이 숙명이 되고 또 다른 나를 깊은 고뇌로 끌고 가는 것 또한 간절함을 두른 내 속의 나였던 것. 그것이 역사에 점철된 수많은 나와 너의 인생이 아니었던가 싶다. 누구나 그럴 테지만 특히 나의 삶, 이 시들에게서 드러나는 한 사람에 대한 그리움이 간혹 독자에게 유난하거나 지나치게 느껴질지도 모른다. 하지만 누구라도 내 안의 그 사람을 보게 된다면 단번에 수긍하지 않을까 싶다. 눈이 맑고 마음은 더욱 순수한 사람. 너무 맑아서 보고 있노라면 한없이 빠져들고 그 깊이만큼 슬퍼지게 만드는 향기를 드리운 사람이기 때문이다. 정말이지 그렇다. 생각하는 것만으로 가슴이 터지고 까마득한 벼랑으로 서슴없이 추락해 버린다. 그래서 나는 매일매일 죽고 또 새로 태어난다. 그러지 않으면 밤이 지나가지 않는다. 그러지 않고서는 가슴을 추스르지도 못한다. 사랑하는 방식도 사뭇 다를 것이다. 소리 없이 기다릴 줄 알아야 하고 그게 언제일지라도 끝끝내 지켜낼 수 있어야 가능성이 엿보이는 사랑이다. 나는 기꺼이 어둡고 우울한 그림자를 자처한다. 언제라도, 무엇으로라도 그 사람의 흔적이기를 고대하고 간절히 기도한다. 기회를 빌어 사랑을 하거나 시작하는 독자들에게 말하고 싶다. 언제라도 자신의 모든 걸 기꺼이 던질 준비가 되어있지 않다면 자신을 돌아보거나 사랑을 다시 점검해야 한다고. 영혼마저 불사를 수 있어야 진짜 사랑의 시작인 것이니까.

오늘도 나는 '나'의 이름으로 하늘 가득 그리움을 너에게 날려 보내며 하루를 연다.

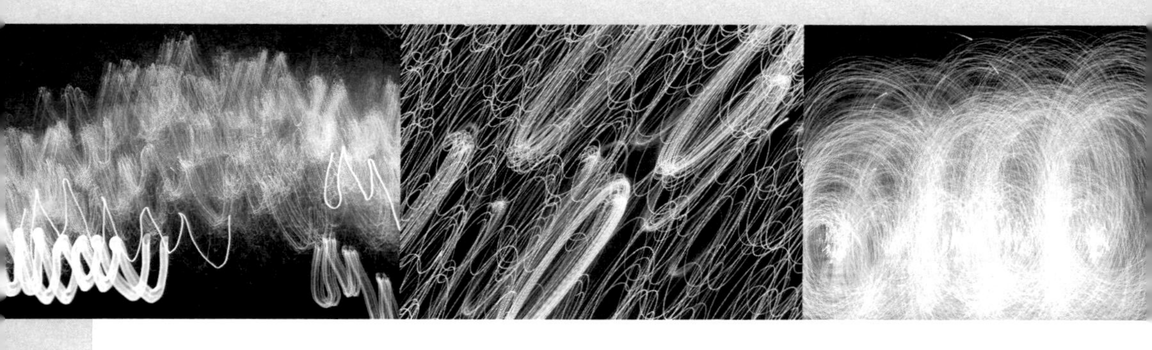

목차

1 간절함

그리움

기다림

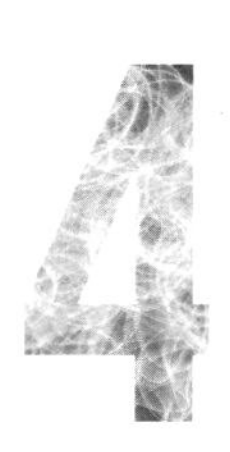

보고픔

속마음

안타까움

간절함

공기 한 알과 당신

처음에는
숨쉬기가 힘들어서
그저 가슴에
스민 줄만 알았다

무언가
덜컥 치받쳐서
서둘러 먹은 밥이
체한 줄만 알았다

그런가 보다 했는데
어찌 된 것이
어디 한 구석
온전히 내버려 둔 곳이 없다

뇌세포
줄기 솜털
뼛조각 끄트머리
몸 안에 드는 공기 한 알도
당신이다.

그 사람의 바다

김수현시낭송

너무 맑아서
색깔마저 투과해 버리는
단 하나의 바다

햇살 반짝일 때마다
토독 토독 튀어 오르는
진공 유리판 수면 아래로
가만히 내려앉은
당신의 세상

그 깊은 골짜기의 고요
열리지 않는 가슴 속
누구도 찾아낼 수 없는
비밀의 심연
오직 한 사람에게만 보이는
그 사람의 바다

하도 맑아서
색깔마저 잃어버린
가엾은 바다

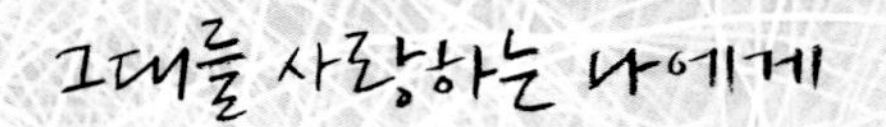

그대를 사랑하는 나에게
나는 하루도 거르지 않고 말합니다
그대의 가장 미운 모습부터
가슴으로 담아야 한다고요

처음에 내 속의 내가 그 말을 했을 때
쉽게 받아들일 수가 없었어요
왠지 어색하고 불편했거든요
만난 지 얼마 되지도 않았는데
어떻게 그럴 수 있냐고 말했죠
내 속의 나는 그늘지게 미소 지었어요
조금 어렵지만 그렇게 해야 한다고
나직한 목소리로 다시 말했지요

이해하기 힘들었어요
예쁜 모습만 보기에도
시간이 모자랄 것 같았기 때문이었으니까요
그대의 아름다운 모습만 기억하려 하며
한쪽으로 치우칠 때마다
어느새 끼어들어 말하곤 했어요

마음에 든 사람을 진정으로 사랑하려면
어색한 옆모습도
흰머리 드리워진 뒤 꼭지도
일그러진 표정까지도
한결같은 마음으로 바라볼 수 있어야
진짜 사랑을 할 준비가 되는 거라고요

나약하고 못난 모습까지도
단단하게 사랑할 수 있겠느냐고
내가 흔들리려 할 때마다
말하고 또 말했어요

시간이 흘러보니 알 것 같아요
보이고 싶지 않은 모습까지
미소로 바라보게 된 그대를 이젠
순수한 사랑만으로
채울 수 있을 것 같으니까요
밉고 불편한 모습 먼저
뜨거운 가슴 안에 담아 둘 거예요
아프고 힘들고 지치고 무너진 모습에
내 마음이 먼저 달려갈 거예요

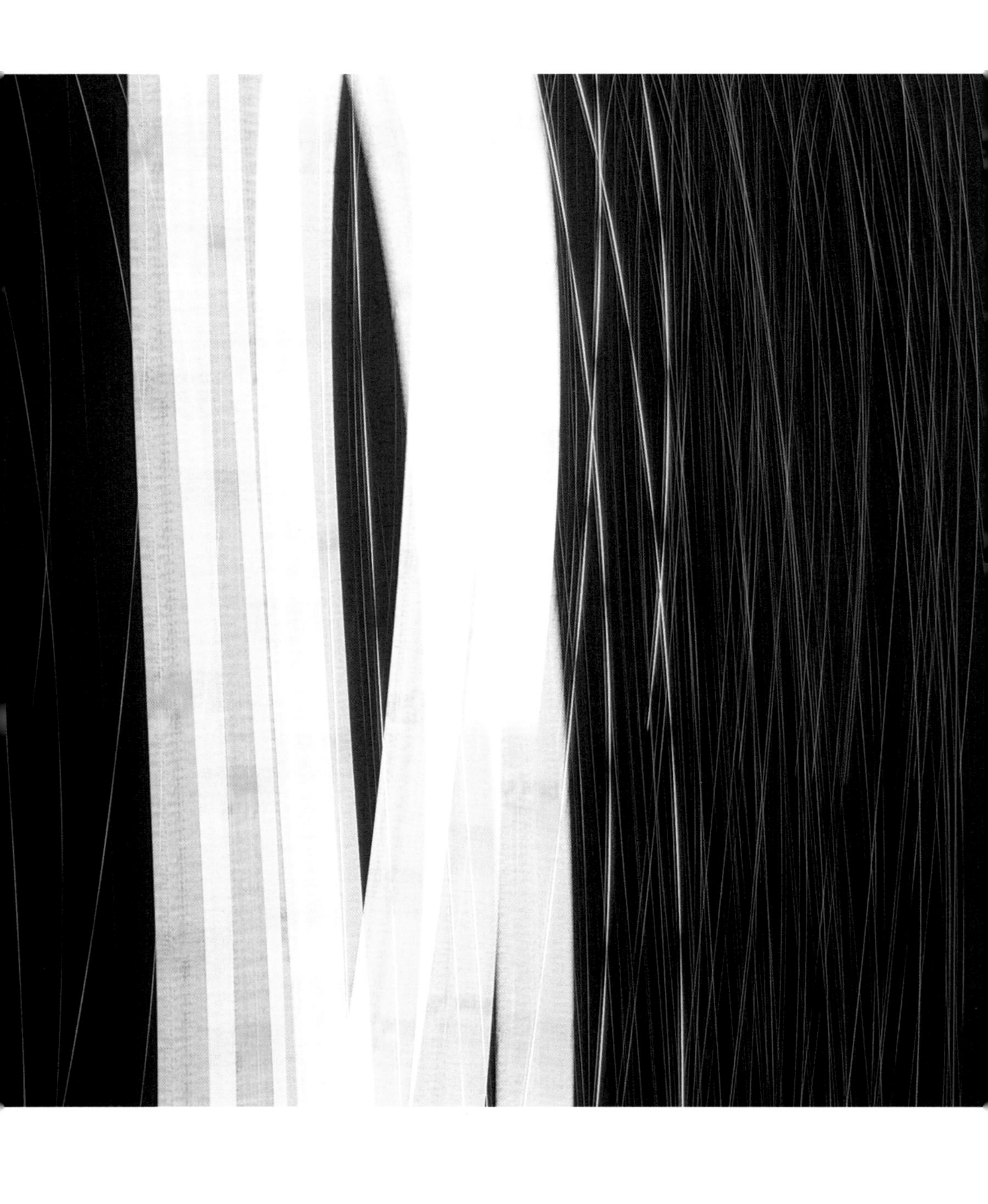

그때를 기다릴게

하루가 겹겹이 쌓이며
꿀꺽꿀꺽 머금은 시간이
발뒤꿈치부터 퇴적되어 오던 어느 날
그 사람은 나직이 중얼거렸다

수십 년이 지나서
피부가 나무껍질이 되고
얼굴
목
가슴 늘어진 뱃가죽에
주름이 나이테로 잡혀도
지금 같을 수 있겠느냐고

눈꺼풀까지 내려와 있는
겨울 햇살을 걷어내며
감은 눈으로 조용히
남자는 말했다

그때를 기다릴게.

그럴 수만 있다면

시간을 잘게 머금어서라도
청춘이 만만하던
그 시절의 당신에게로
단숨에 달려가고 싶다

내 생명 모두 가져가고
단 하루라도 내 마음대로
살아볼 수 있다면
기꺼이 당신만을 위해
그리하리라

살면서 쌓여 갈 애환과
뼛속까지 새겨져
고통으로 얼룩질 것 같은 미래를
희망으로 바꿔 줄 수만 있다면
그럴 수만 있다면!

나의 사랑
나의 사람

아무도
그 누구도
상상하지 못할 기적을
오직 한 사람만을 위해
기어이 만들어 내고 싶다

탐라, 그 바다의 가을

그 바다에 가고 싶다

가시랭이 없는 바람이 불고
노을이 되어 일렁이는 하얀 파도가
키 높이로 피어나는 바다

구름 한 조각조차 파란 물 흠씬 두른 곳
내 사랑하는 사람을 온통 품고도
넉넉히 미소 짓는 하늘 사는 곳
보고 싶다 그 바다의 가을
자리에 들면 반짝이는 어둠
간절히 쏘아 올린 사연 바다는 알까

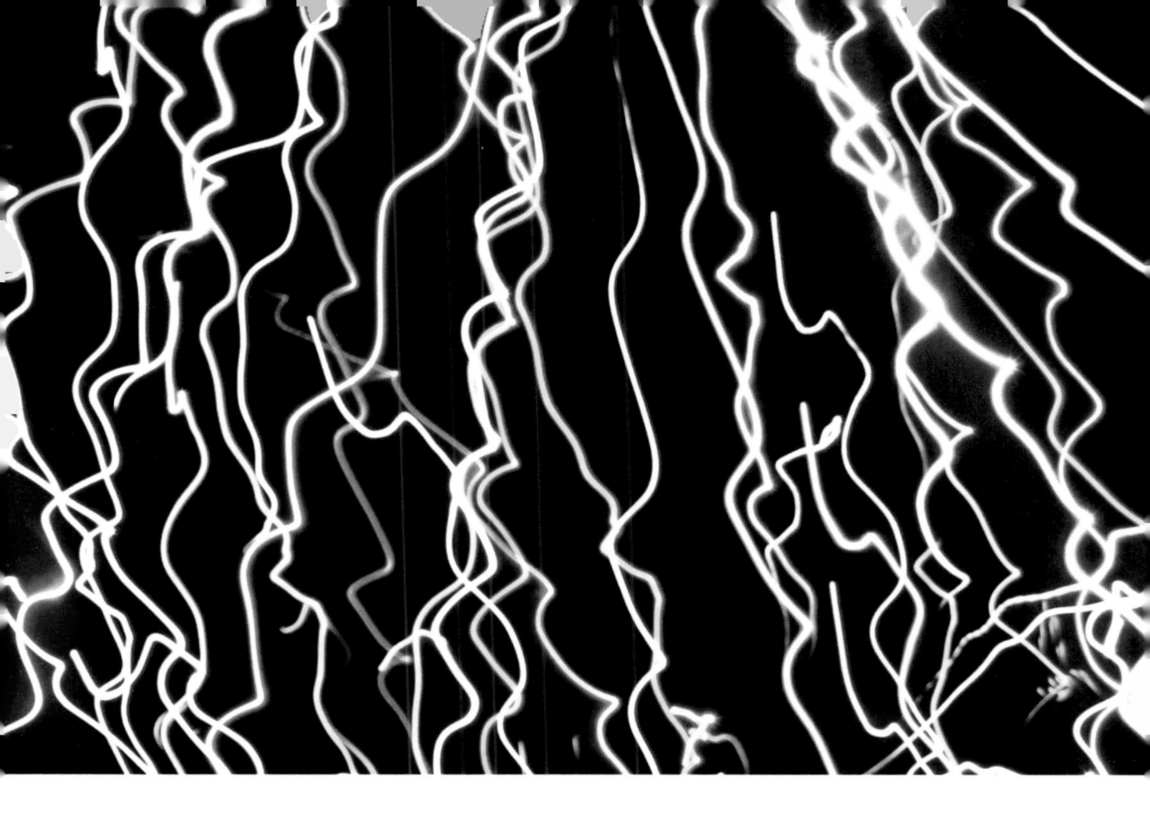

별들은 그 마음 타고 더 깊은 밤으로 올라
꿈마다 돋는 그리움 행복한 사랑으로 채우네

그 바다에서 살고 싶다

그리운 내 사람과 함께
같은 하늘 바라보며 아침을 열고
그윽한 커피로 만나는 바다

그 바다에서 살고 싶다

들꽃 아이 내 사랑과 함께
같은 하늘 바라보며 아침을 여는
그윽한 그 바다의 가을을

나는 당신입니다

당신의 머리끝에서 발끝까지
자그마한 미동에도 반응하는
나는 당신입니다

당신의 눈과 입술이 까닭 모를 서러움에
가늘게 흔들리기라도 하면
당신을 향한 애틋함으로
먼저 젖어 듭니다

당신 마음 힘들고 때로 기쁠 때
아리던 내 마음도 즐거워하며
오롯이 당신 향기와
머릿결 한 올까지 투영하는 나는
두 말이 필요 없는 당신입니다

고통의 기억으로 채워진 지난날
그 비련까지도 기꺼이 품는 나는
당신의 깊은 그림자입니다

무겁게 익은 밤
차갑고 어둔 방에서
밀려오는 서러움에
두 손 모아 쥐고 소리 없이 흐느낄 때도
먼 곳 내 방 한쪽 귀퉁이에서
감은 눈으로 지켜보아야 하는 나는
당신의 아픈 흔적입니다

가끔이라도 햇살 가득한 날
그대 발걸음이
조금이라도 가벼워 보이는 날
빛과 그림자 디디는 땅 한 뼘에까지
기쁜 눈물로 모아낼 나는
어쩔 수 없는 당신입니다

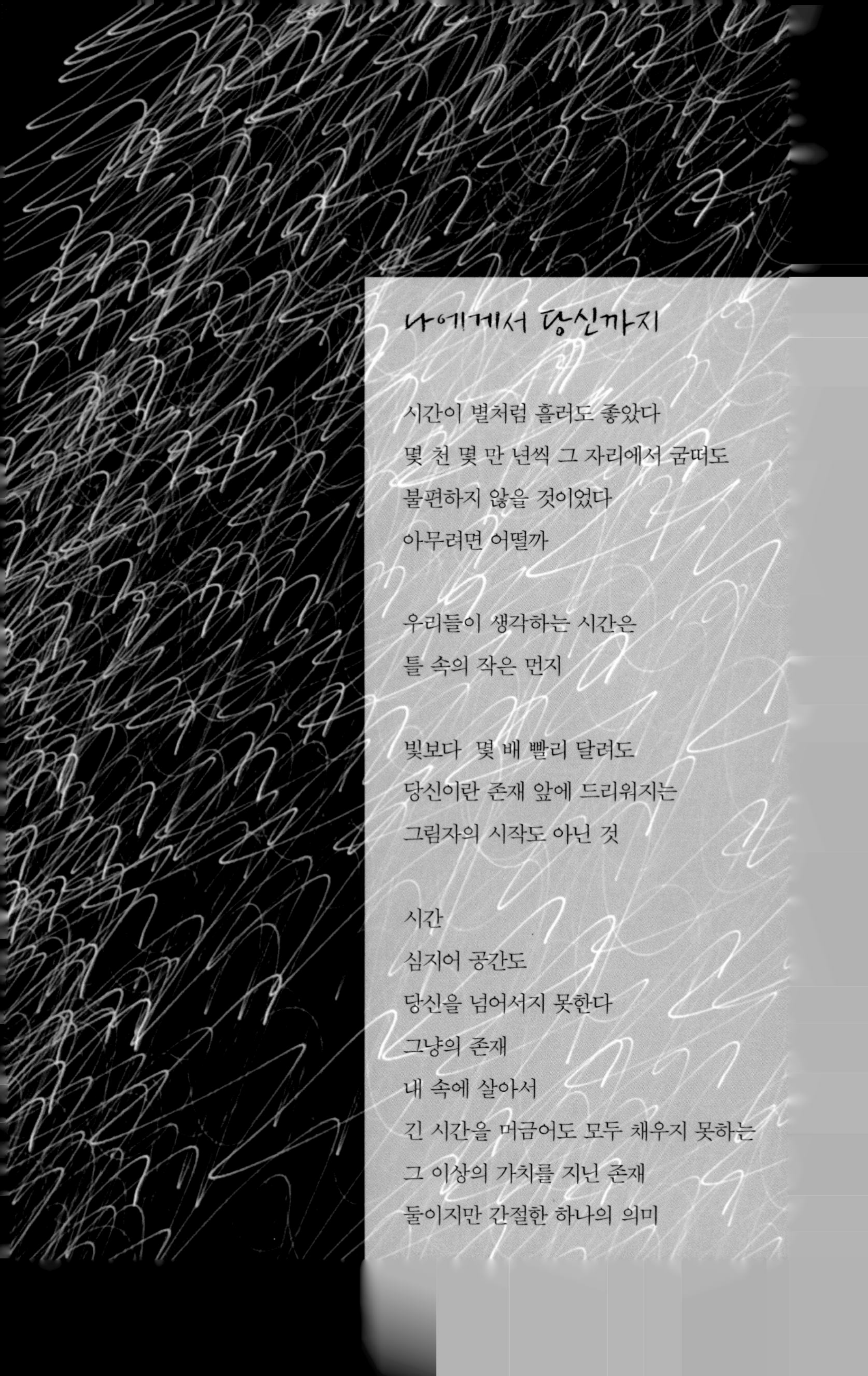

나에게서 당신까지

시간이 별처럼 흘러도 좋았다
몇 천 몇 만 년씩 그 자리에서 굼떠도
불편하지 않을 것이었다
아무려면 어떨까

우리들이 생각하는 시간은
틀 속의 작은 먼지

빛보다 몇 배 빨리 달려도
당신이란 존재 앞에 드리워지는
그림자의 시작도 아닌 것

시간
심지어 공간도
당신을 넘어서지 못한다
그냥의 존재
내 속에 살아서
긴 시간을 머금어도 모두 채우지 못하는
그 이상의 가치를 지닌 존재
둘이지만 간절한 하나의 의미

아무런 걸림도 없을 당신
처음부터 끝까지 불편해야 하는 나

거추장스러운 것 모두 걷어버리고
이제 한 사람의 자유 안으로 들어간다

생각이 버텨주는 공간의 끝까지
인간의 시간으로는 다다르지 못할 그곳에
당신이 있고
그곳까지 내가 간다

내 사랑 안에서

밤새 비 내려
기온이 뚝 떨어지면
몸부림에 이불이 걷어져
행여 체온 떨어질까

바람에 창이 삐걱일 만큼
조금만 세게 불어도
틈새 찬 기운 비집고 들어
곤한 몸 상하지 않을까

사물의 입자에까지
어둠으로 입혀진 밤
그대 지친 마음 내 근심 안에서
편안하게 쉬어 가소서

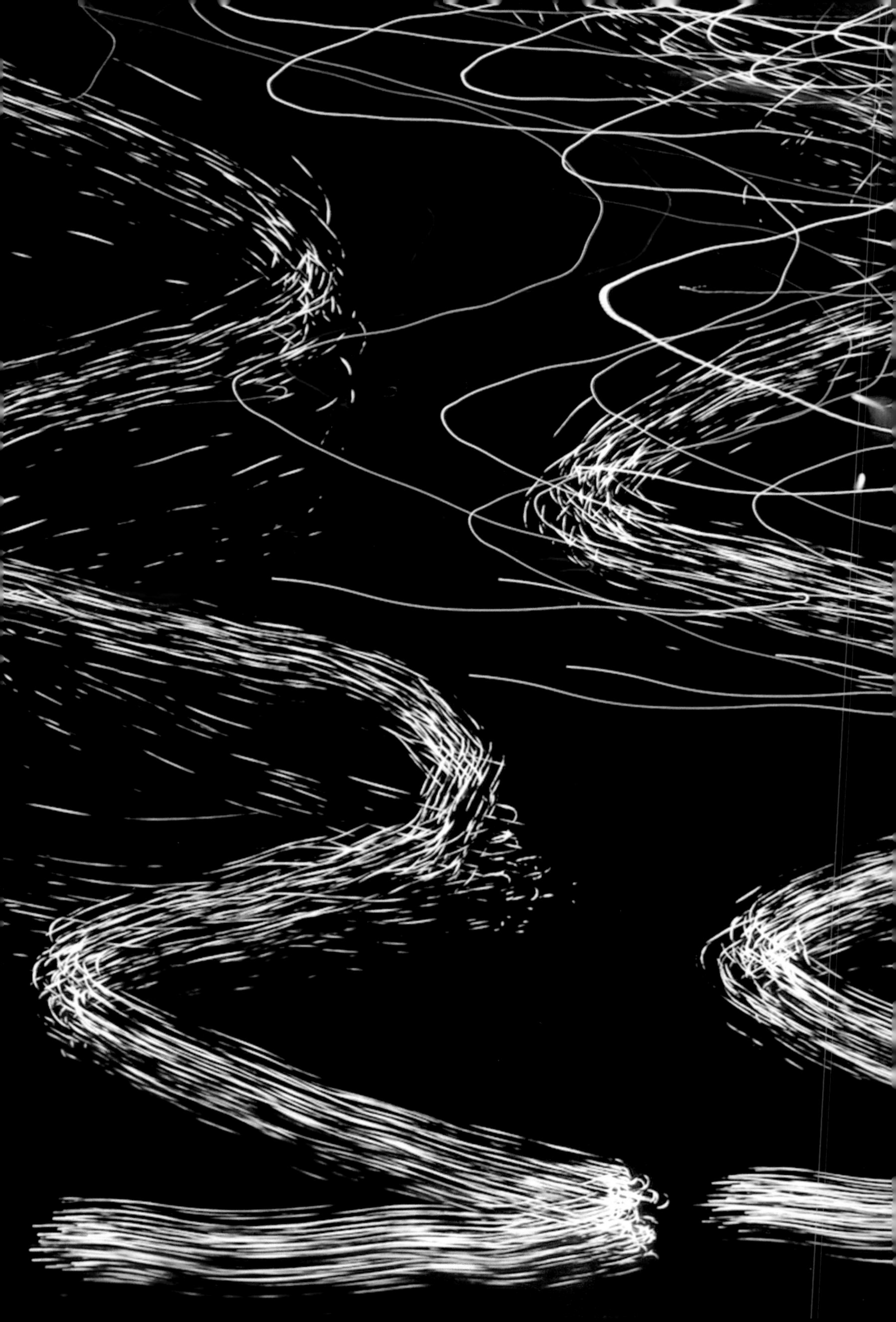

너였으면 좋겠다

빠르게 달려 집에 올라
후다닥 씻고 나왔는데도
이미 늦은 시간
그리운 공간 채우며
네가 온다

우리 앞에 유난히 불공평한 시간
필요한 순간마다
너랑 함께 꽁꽁 묶어
티끌 흠집까지
말끔히 닦아놓은 내 마음에
깊이 심어두고 싶다

불현듯 한기가 든다
눈 감은 채 새벽을 더듬어
당겨 올린 이불을
턱밑까지 바짝 덮는다
이불이 너였으면 좋겠다.

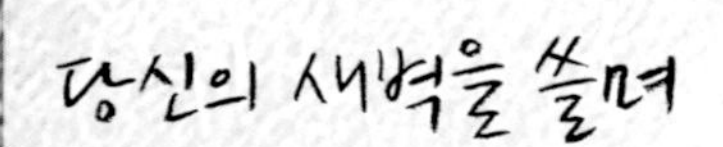

오로지
당신 한 사람 위한 마음만으로 촘촘히 엮어
베갯잇 사이로 밀어 넣습니다

자꾸 심해져 가는 건망증에
이런 생각마저 아지랑이처럼
잊어버릴지 몰라서예요

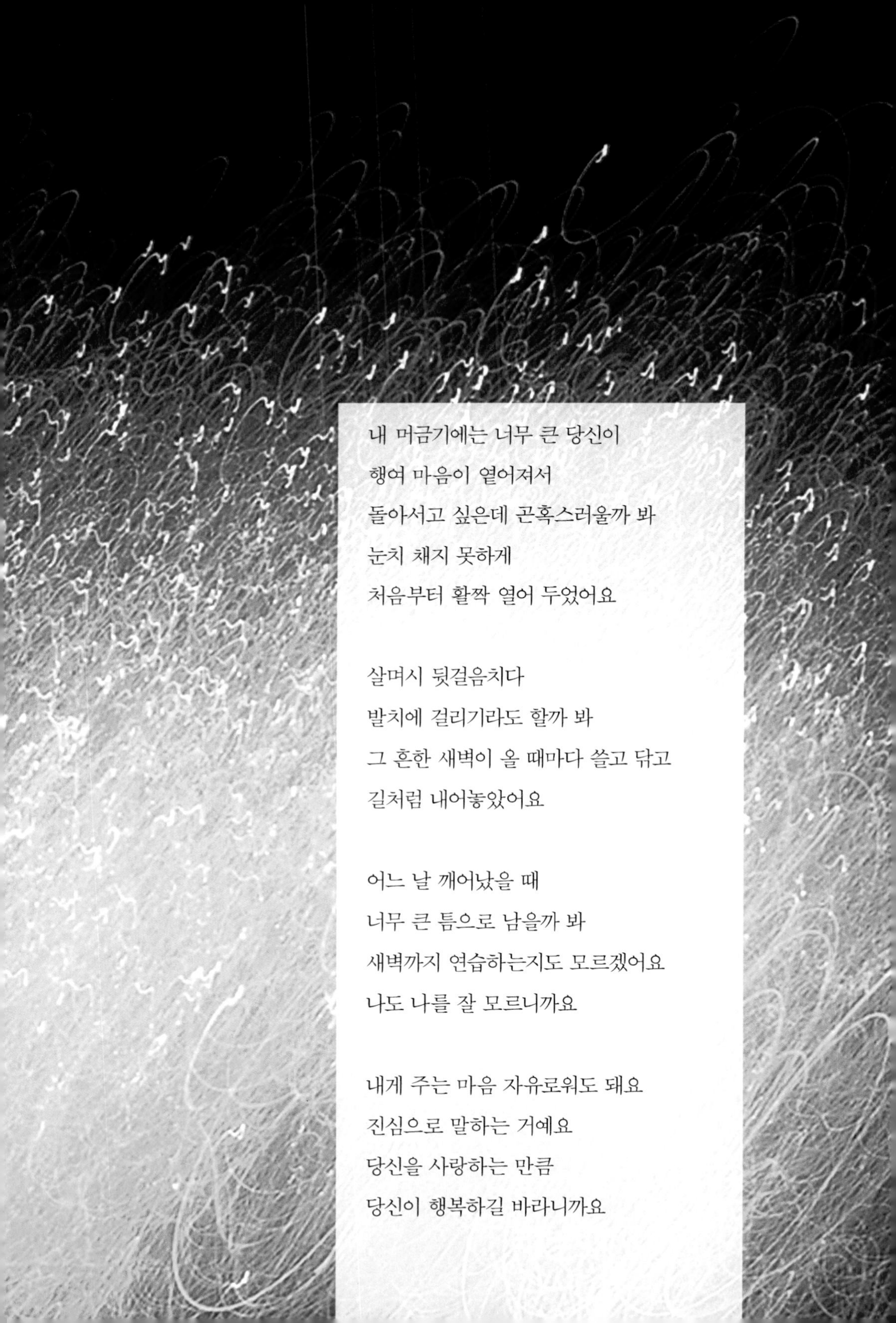

내 머금기에는 너무 큰 당신이
행여 마음이 옅어져서
돌아서고 싶은데 곤혹스러울까 봐
눈치 채지 못하게
처음부터 활짝 열어 두었어요

살며시 뒷걸음치다
발치에 걸리기라도 할까 봐
그 흔한 새벽이 올 때마다 쓸고 닦고
길처럼 내어놓았어요

어느 날 깨어났을 때
너무 큰 틈으로 남을까 봐
새벽까지 연습하는지도 모르겠어요
나도 나를 잘 모르니까요

내게 주는 마음 자유로워도 돼요
진심으로 말하는 거예요
당신을 사랑하는 만큼
당신이 행복하길 바라니까요

모두 당신이다

비가 올 때마다
당신이 생각난다는 건
거짓말이다
비가 오면 더욱더 그리워지니까
차라리 그렇게 말하는 것이다

하늘을 본다
무심코 올려 보기도 하고
손을 뻗어 크고 작은 방울들을
받아 보기도 한다
바람이 불어도 그렇고
구름이 나지막이 내려앉아도
저절로 생각이 난다
어쩌면 당신을 통해
세상을 다시 보는 것도 같다

내 눈 안에 있고
내 가슴에서 자라는 사람
비 바람 하늘도
흐름에 안긴 공기도
그래서 모두 당신이다.

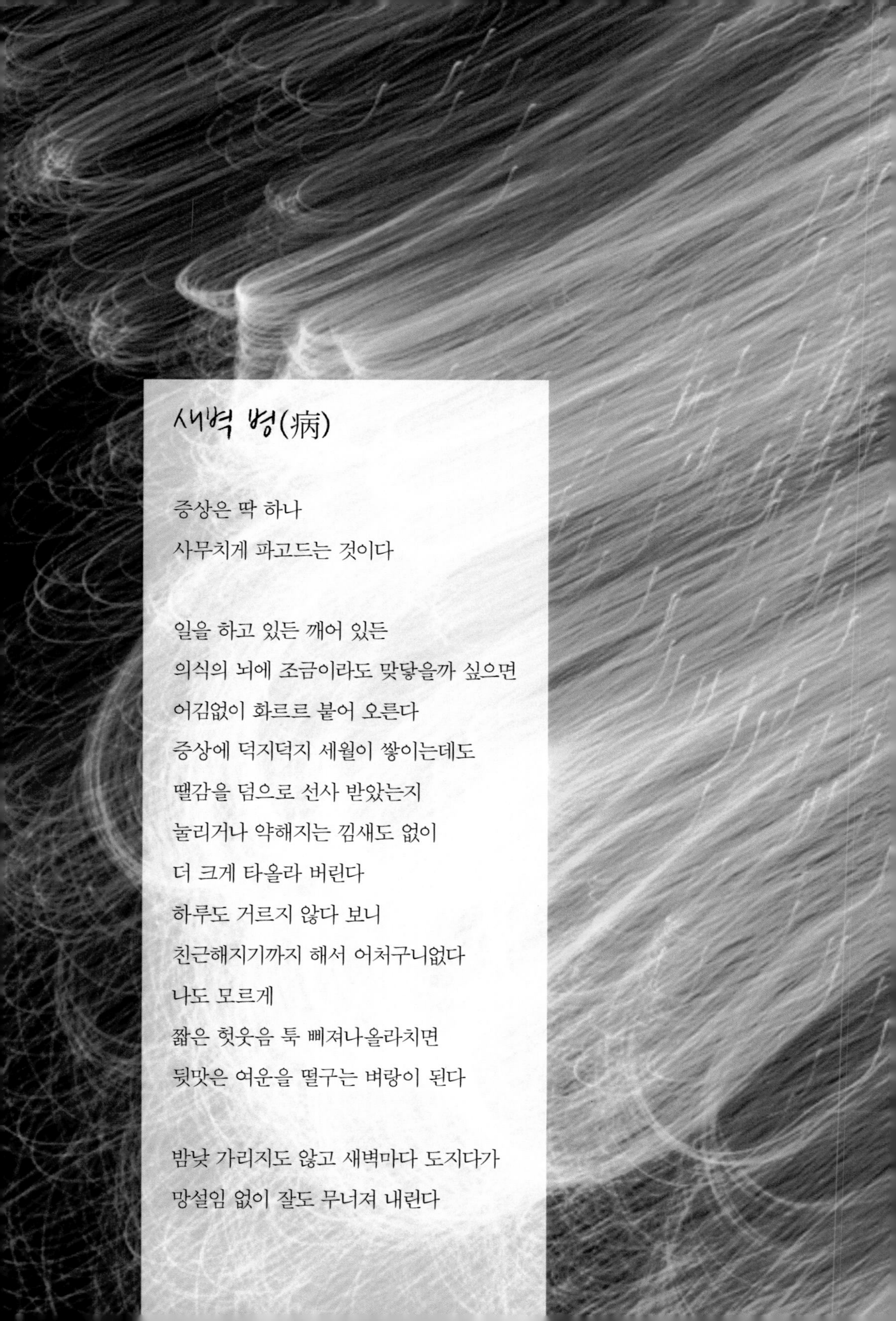

새벽 병(病)

증상은 딱 하나
사무치게 파고드는 것이다

일을 하고 있든 깨어 있든
의식의 뇌에 조금이라도 맞닿을까 싶으면
어김없이 화르르 붙어 오른다
증상에 덕지덕지 세월이 쌓이는데도
땔감을 덤으로 선사 받았는지
눌리거나 약해지는 낌새도 없이
더 크게 타올라 버린다
하루도 거르지 않다 보니
친근해지기까지 해서 어처구니없다
나도 모르게
짧은 헛웃음 툭 삐져나올라치면
뒷맛은 여운을 떨구는 벼랑이 된다

밤낮 가리지도 않고 새벽마다 도지다가
망설임 없이 잘도 무너져 내린다

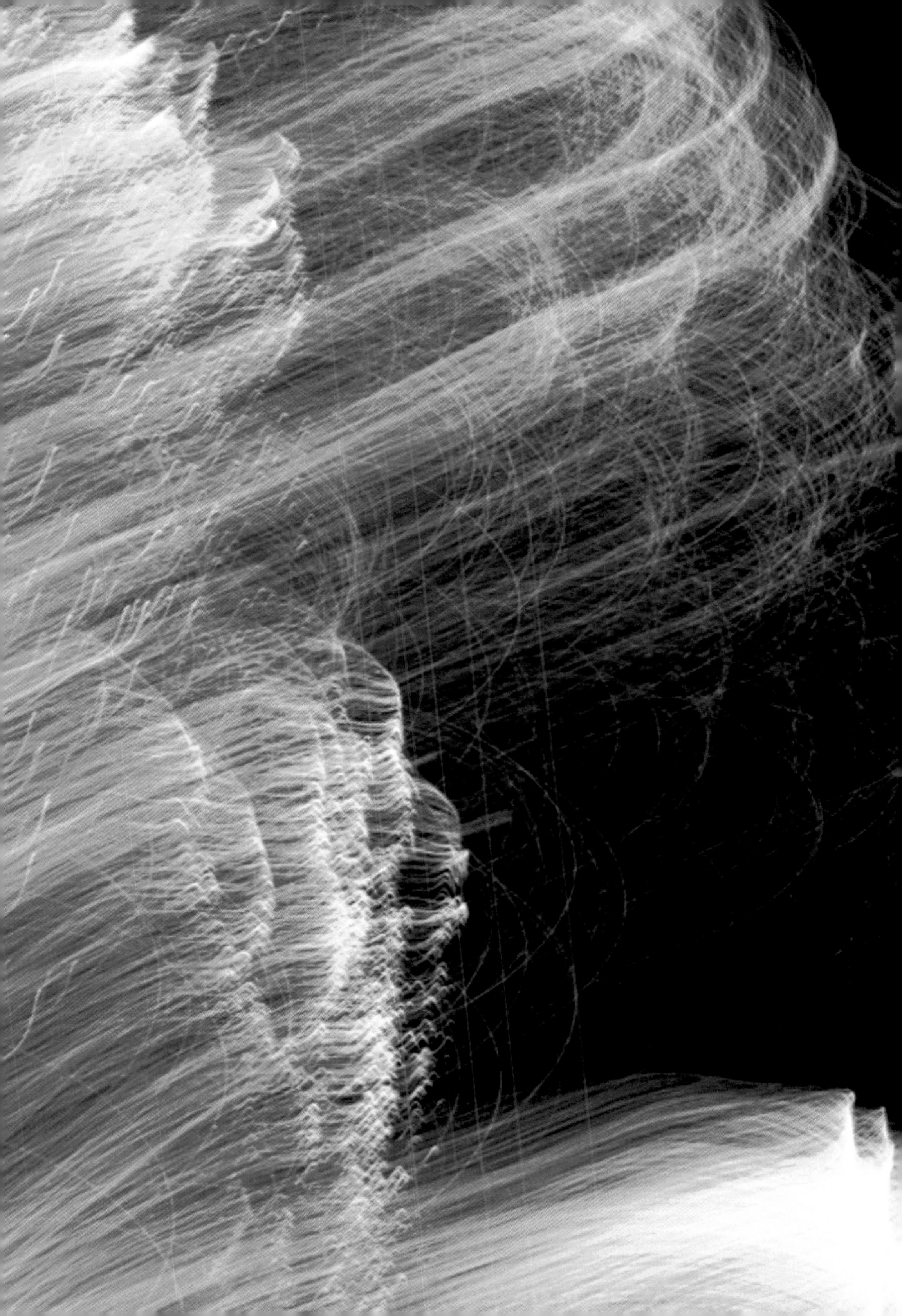

시간이 멈추면 좋겠어요

시간이 멈춰버렸으면 좋겠어요
사람의 관계에 연연하지 않고
어긋나면 어긋난 대로
틀어지면 틀어진 대로
운 좋게도 잘 맞으면 감사한 대로
그렇게 모든 세상이
정지해 버렸으면 좋겠어요
도저히 그럴 수 없다면
생각이라도 멈춰줄 수는 없을까요

눈에 보이는 공간이
그만큼 있기나 하는 걸까요
생각과 시간은 다른 존재인 건가요
편안한 대로 쉽게 생각하면
나중에 후회할 일 생기지 않을까요
어떤 것이 실체이고 진실인지
지금의 기준이 맞는 것인지
내 눈과 귀를 의심하고 싶지 않아요
그냥 시간이 멈추면 좋겠어요.

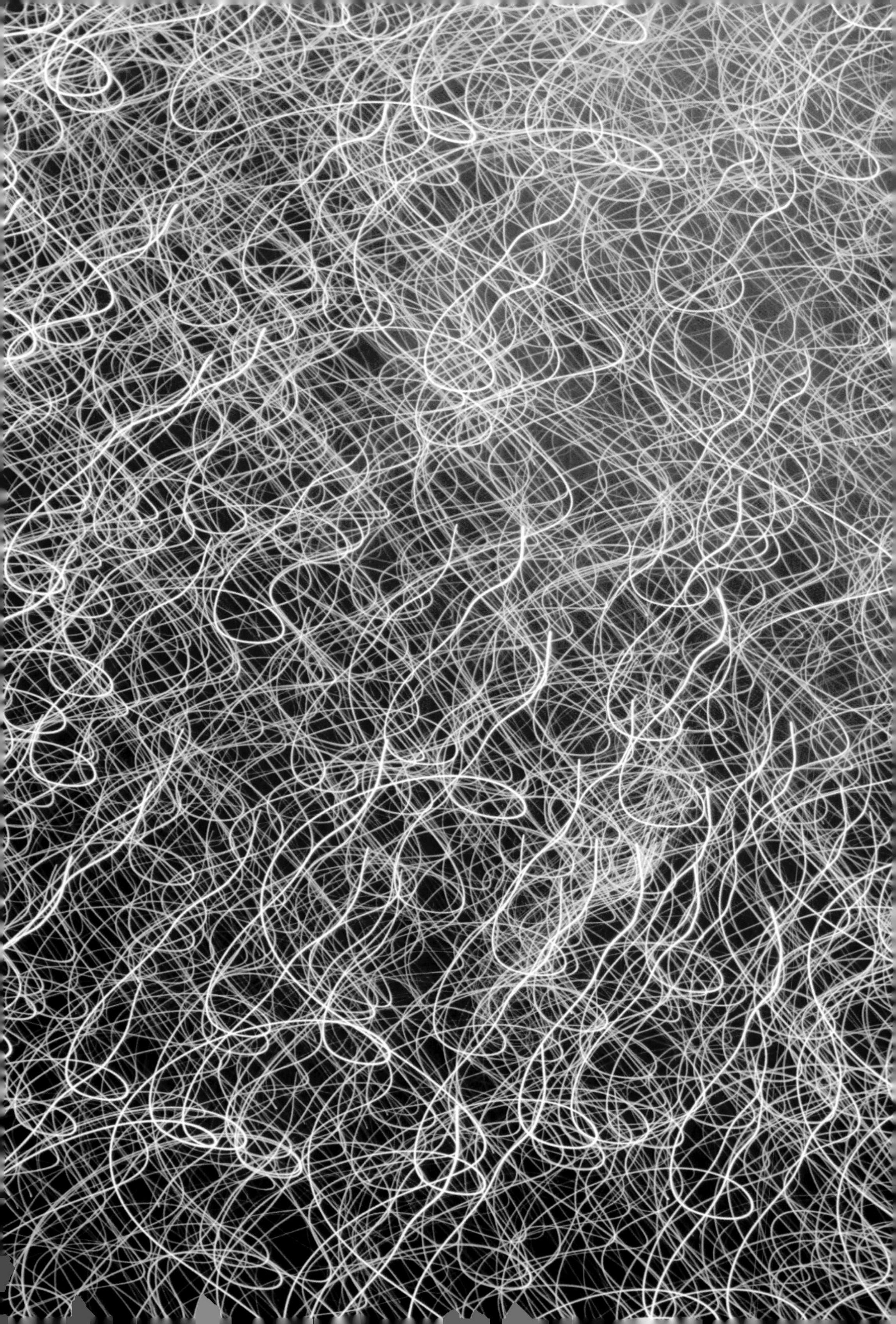

약속

곁가지 걷어내고
마음이 흐르다가
저절로 모이는 그곳에
깊은 생각을 담는다

그 사람 떠올리며
긴 긴 세월 감은 눈이
시리도록 아파 오기에
그 때마다 다짐도 새로 세운다

숨 쉬거나
의식을 뉘어 놓았는데도
떠나질 않았으니 끝내
마음 전부를 거는 거다

떠날 수 없는 것이 아니라
떠나지 않는 거다
애써 말하지 않아도
약속은 그런 것이다.

어떻게 해야 하나

덜컹거리는 가슴
어둠이 화들짝 놀랄 만큼
이렇게 흔들리다가
죽을 수도 있겠구나

시도 때도 없이
그리움에 떠밀리다가
거대한 해일이 되어
부서져 버릴 수도 있겠구나

꿈길마다 찾아 헤매다
깨어나지도 못하고
지치고 허물어져서 가엾은 향기로
날아가 버릴 수도 있겠구나

내일이라도 무작정 달려가면
얼굴이나마 볼 수 있겠지만
내일이라는 시간이 오기 전에
심장이 멎을 수도 있겠구나

말로 표현할 수 없는
그 무엇으로도 설명하지 못하는
이 마음 때문에
세상이 뒤집힐 수도 있겠구나

아무것도 할 수 없고
그 어떤 느낌조차도
희석되어 지워져 가는 불안한 이 밤
어떻게 해야 하나.

특별한 사람

오래전부터
내 속에 있었던가
반갑고도 신선한 느낌

이리저리
둘러 살피지 않아도
익숙하게 느껴지는 향기

눈빛 하나로
낡고 지친 세월
까마득히 잊게 만드는 사람

손끝의 교감만으로도
평생 삶의 나눔이 될
특별한 사람

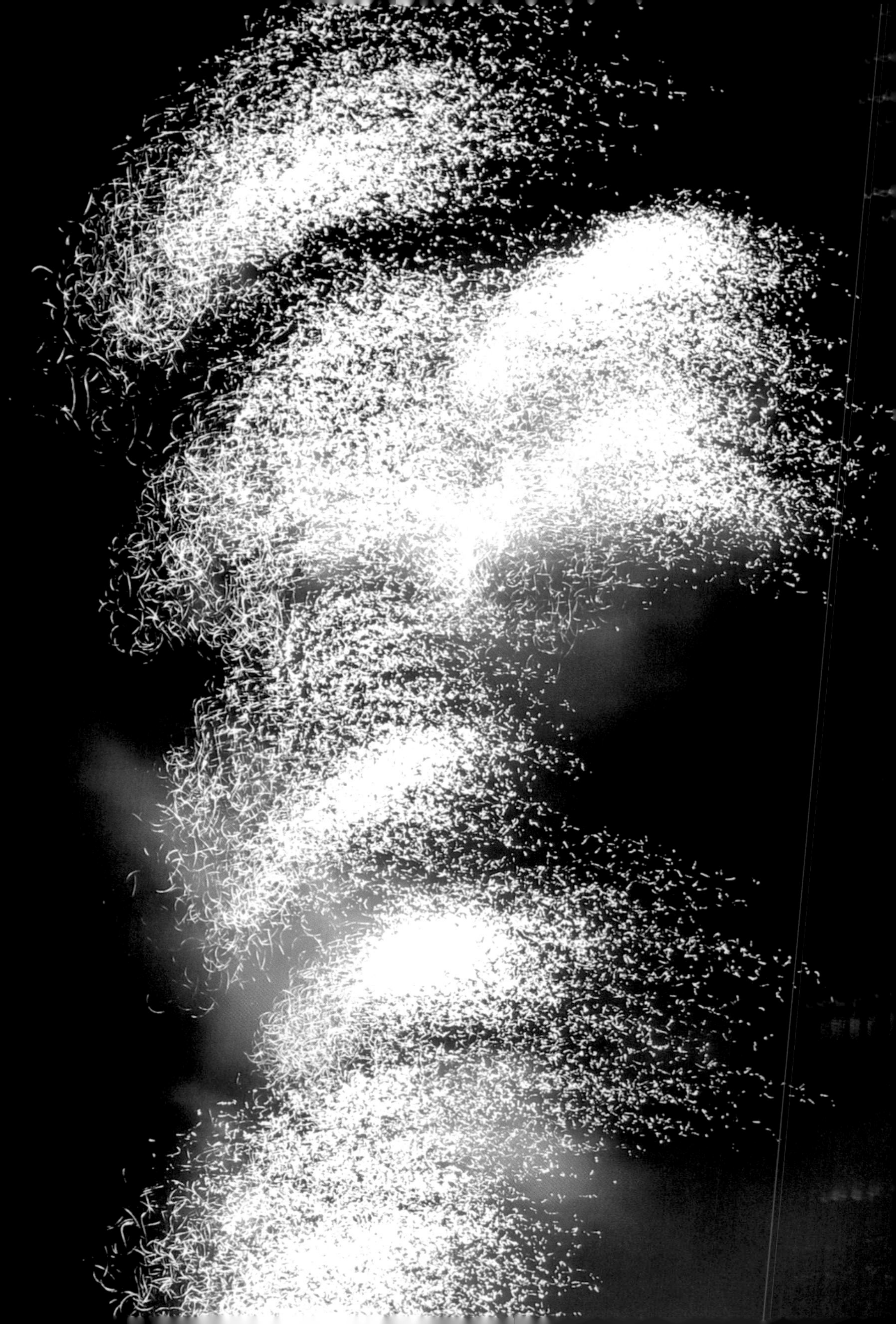

한순간조차도

하루의 시작과 끝에
조용히 들어앉아 있는 사람

슬픈 향기로
온몸에 스며있는 사람

생각의 흔적까지
안타깝게 피워 올리는 사람

숨 돌릴 틈 없이 살아서
가엾은 사람

그렇기에
한순간조차도
떠나보낼 수 없는 사람

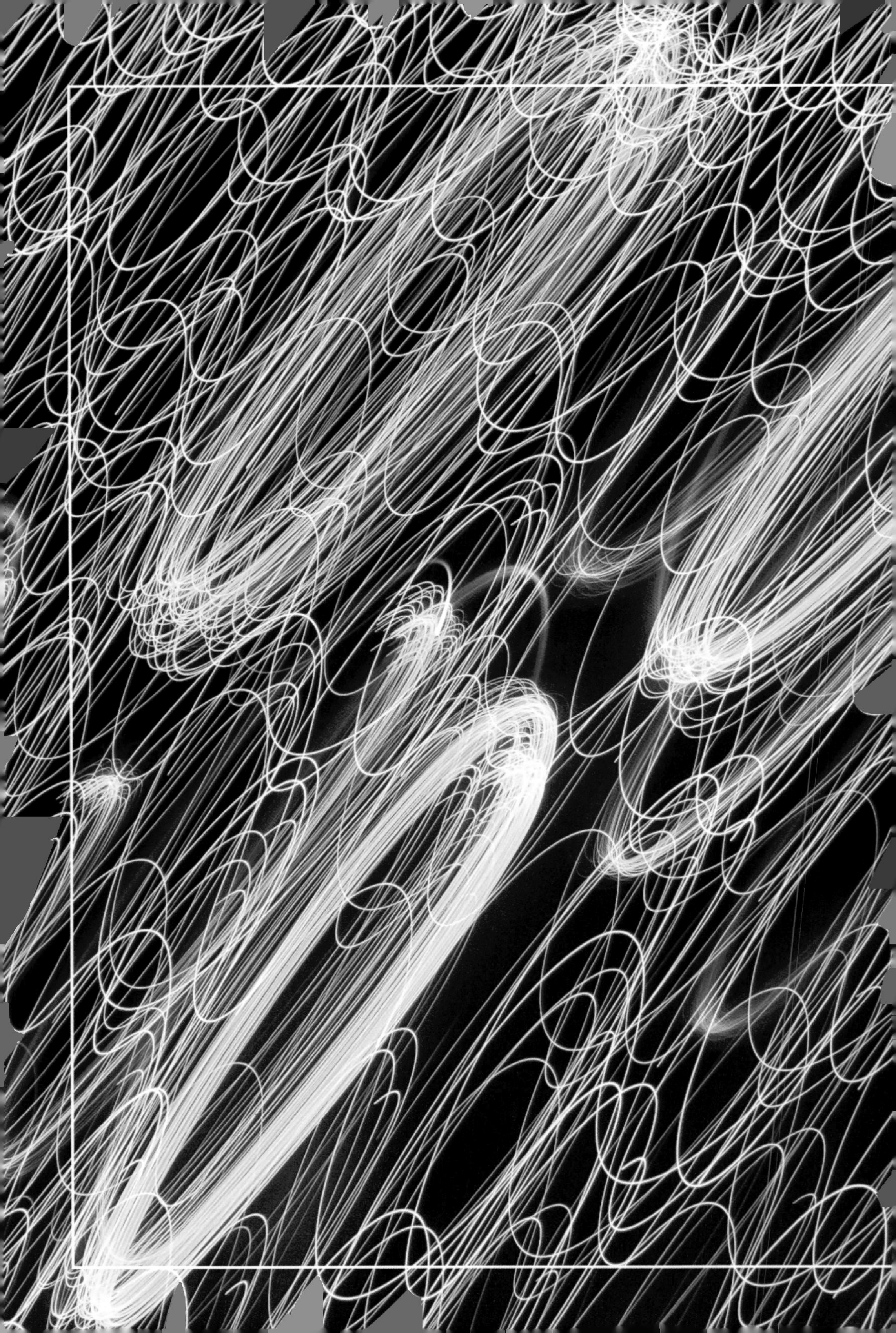

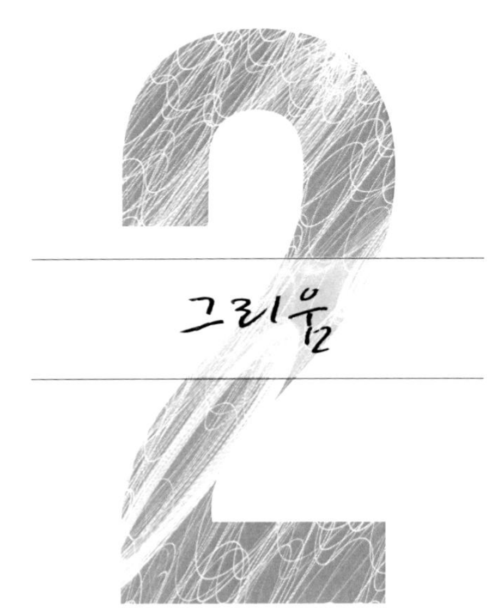

그리움

계절이 흐르는 소리에도 그리운 이여

별의 농도가 조밀해지자
바람의 발걸음이
빨라지기 시작합니다

그리움의 그림자도
성큼성큼 커져 갑니다

해 오르기 한참 전인데
재빠르게 밤을 넘어선 새벽이
서둘러 꽃들을 깨우고 다닙니다

그 바람에 우두커니 기다리던 마음이
쓸쓸한 어둠을 그만 떠안고 맙니다

시간의 상처 보듬고 있을 향기 아이
지난 계절에도 아팠을 여린 꽃잎
다친 그대 마음이
깊고 거친 밤바람에 덧나지 마소서

그대 그리움

내 삶을
가득 메운 건
들꽃 아지랑이

한 움큼 뇌 속에
온통 들어차 있는 건
그 향기의 흔적

단 한 눈금의 시간에도
들어차는 건
그대 그리움

그대 생각

길을 가다가 개운치 않은 마음에
멈칫 서버렸습니다
무언가를 잊고 나온 것도 아니고
골몰히 생각하기 위한 것도 아니었어요
그저 갑자기 떠오르는 그대 생각에
발길이 떨어지지 않았기 때문입니다

눈을 질끈 감았다가
가만히 떠서
하늘 한 모금
가슴 시릴 때까지 깊이 들이고 나서야
다시 길을 떠날 수 있었습니다
그럴 땐 꼭 숨쉬기조차도 힘들어집니다

서럽게 울먹이는 것도 아닌데
엉겁결에 들이마신 공기가
콧등을 세차게 흔들며 되쏟아집니다
그대 생각 한 번에
이런 일들이 갑자기 일어납니다

그리움까지 사랑스럽다

세상에 변하지 않는 것은 없다
내 심장이 영양분인 그리움도
시시때때 모습 바꾸며 자란다

경제가 나라를 내팽개쳐도
몹쓸 바이러스
세상을 손아귀에 그러쥐고 뒤흔들어도
내 그리움은 아랑곳없이 쑥쑥 자란다

마구 자라서
그리움의 모습으로라도
하루빨리 닿고 싶다는 걸 알아차렸는지
밤낮 가리지 않고 자란다

무모한 그리움이
그래서 더 사랑스럽다

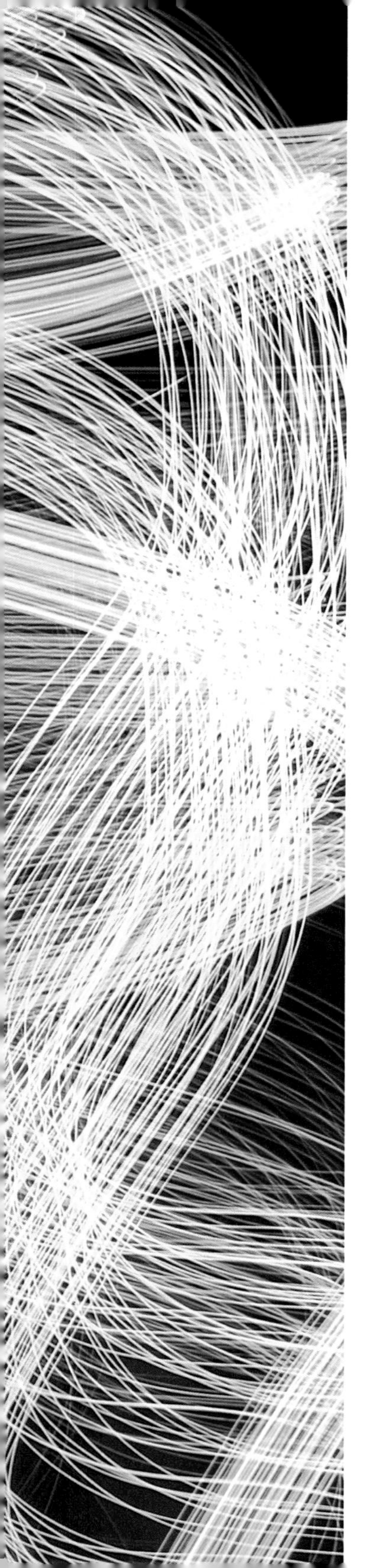

그리움의 부작용

그리운 사람은
살짝만 떠올려도
가슴에 풍랑이 인다

아주 커다랗고
한없이 포근하고
크기조차 가늠할 수 없는

울렁거림이 물여울 타며
헛멀미로 솟구쳐 오르고
눈을 감는 순간 아득한 추락

밤이나 낮이나
잠깐의 생각만으로
가슴은 물난리가 난다

그리움의 이름으로

그 사람에 대한 생각이
저 멀리 언저리쯤에서
슬쩍 스쳐 지나가도
여운이 폭죽 터진다

단 한 발짝도 벗어나지 않고
완강히 버티고 있던
숨겨둔 마음들이
그 바람에 파르르 타오른다
걷잡을 수 없는 불길
한 길로만 달려
하루에도 수십 번씩
그리움의 이름으로 활활 번진다.

흔적조차 남지 않는 기억 속 깊숙한 곳에
하루에도 수십 수백 개의 잔해를
낱낱이 새겨 넣는 것도
꼬박 꼬박 채워나가는
행복한 일상이 된다

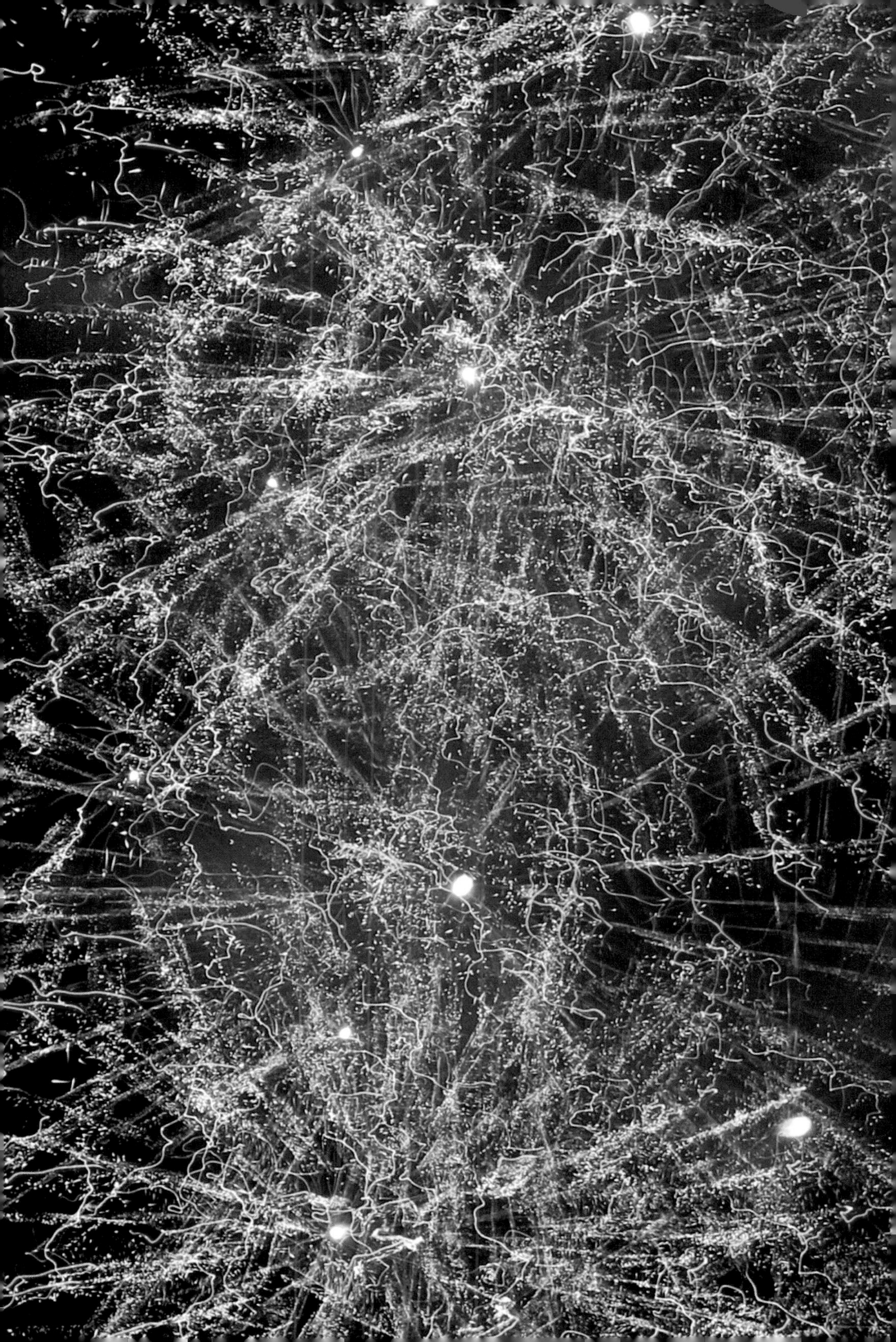

깊이 넣어 둔 당신

아무 생각 없이
눈을 감았는데
당신이 떠올랐어요

떡 먹던 낮에도
강된장을 끓여 밥 비벼 먹던
어제저녁에도
잠자리에 누워 눈을 감던
밤에도요

가슴속에 아주 깊이 넣고
잠가 두었는데 용케도 들락거립니다
날씨가 기록을 치고
하늘이 온통 바닥으로 녹아내리는
한낮에도요

아무래도 오늘 밤에는
당신이 담긴 가슴
더 단단히 채워야겠어요

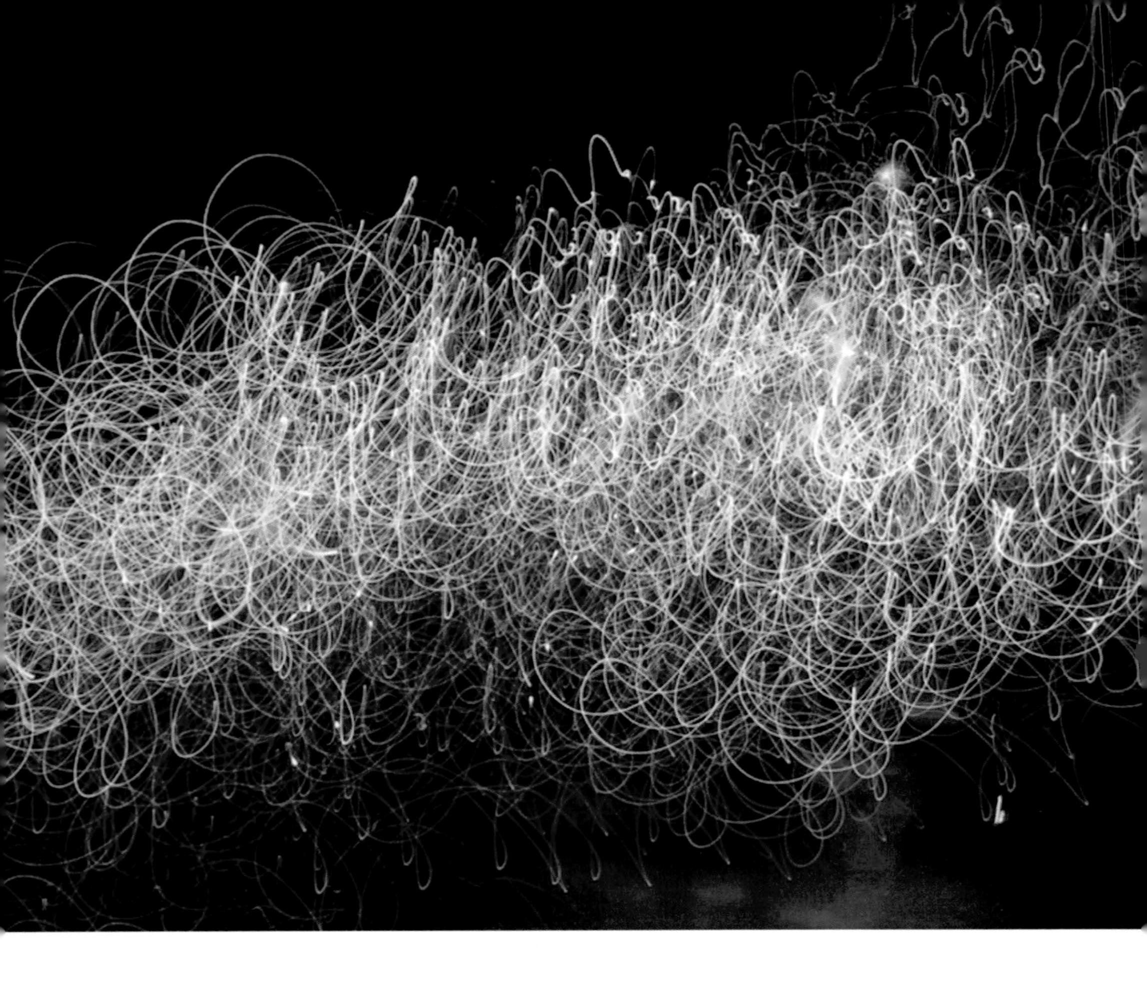

끝내 남은 건 그리움

지지리도 오래 붙어살다가
반 백 등성이 넘어서야
시들거리는 놈들이 있었다

보이는 게 전부였던 호기심
본능에 딸려 올라오던 두려움
굵어지는 머리에서 가지 치던 무모함
계획 없이도 뜨겁던 열정

치열한 삶에 끼어들던 안타까움
발버둥마다 밀리던 허무
흔들릴수록 되살아나던 욕망
어두움 속에서도
가늘게 피어오르던 희망
지치고 떠나버린 그 자리까지

비벼 빨고 털어내도
선명하게 남아 있는 건
그리움뿐이었다

끝에 남는 것

바람
햇살

소리도 없이 부딪히는 것들

안타까움
보고픔

형체도 없이 맞닥뜨리는 것들

하루를 보낸 것들에
가만히 어둠이 내리고
일상처럼 겹치는 한 사람 잔상
그 사이로 불쑥 솟는 그리움

돌아가고 싶다

우연히 익숙한 것에
눈길이 닿았을 때

좋아하는 내음이
어디선가 훅 다가올 때

돌아가고 싶다.

떨치지 못한 그리움이
아무 생각 없이 떠올랐을 때

불쑥 달려가고 싶다.

울 아기의
채취가 깃든

손길이 곁든
그 모든 것들에게로

늘 돌아가고 싶다.

또 그리운 아침

무언가 가슴속에서
쉴 새 없이 찰랑거리더니
아슬아슬 차고 넘쳐서
이 새벽에 방안이
그리움의 향기로 가득 찼습니다

창문을 열고 찬바람 맞으며
인연에 대해 생각해 봅니다

신기하기도 하고
아찔하기도 한 것이
나른한 여름밤 꿈같습니다

시간이 흐르면서 쌓여온 마음이
한 사람을 위한 모습으로
날마다 하늘까지 성깁니다

늦은 밤 간절하게 잠들었다가
두근대며 일어나면
또 그리운 아침입니다

보고픈 만큼 그리운 만큼
김숙현시낭송

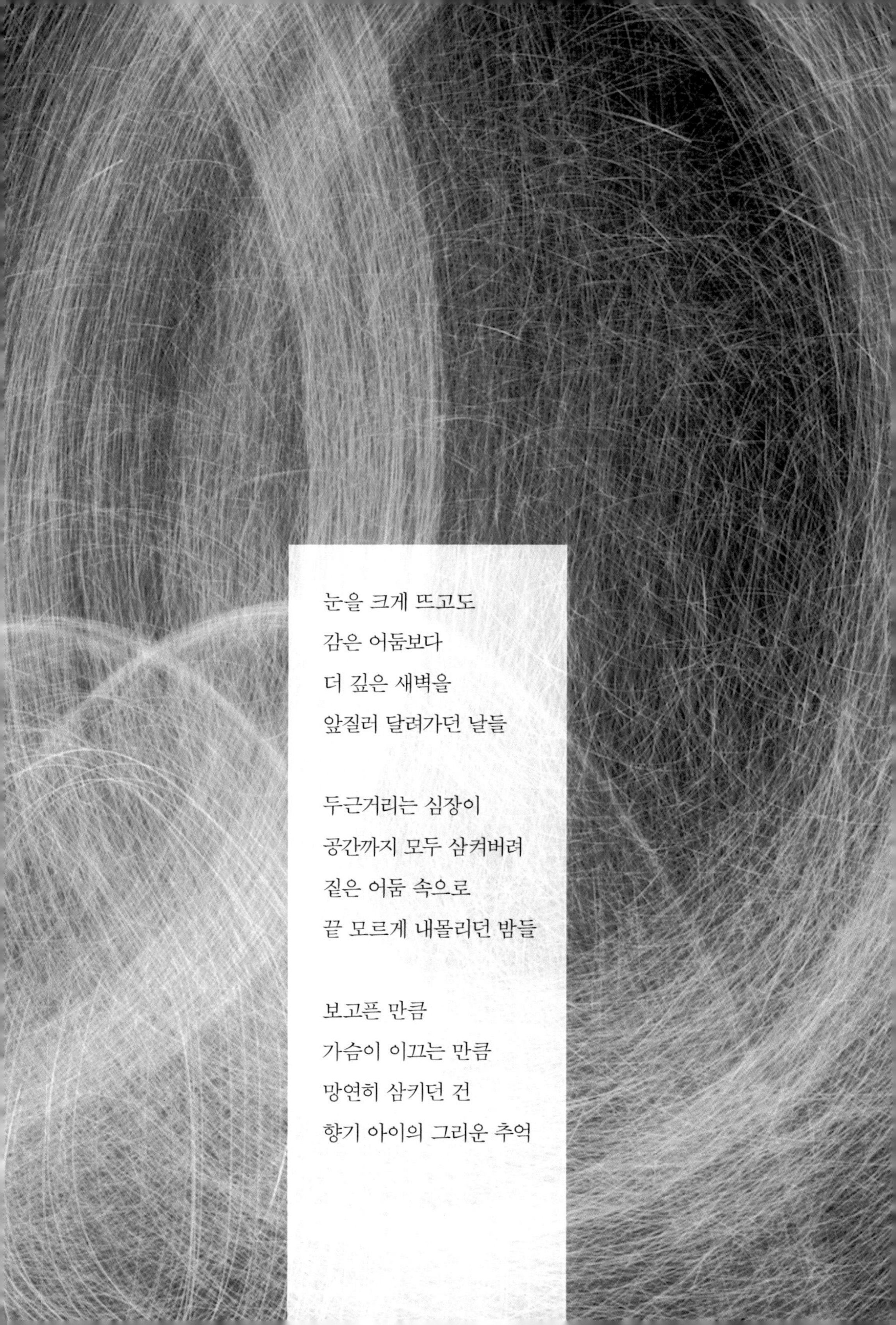

눈을 크게 뜨고도
감은 어둠보다
더 깊은 새벽을
앞질러 달려가던 날들

두근거리는 심장이
공간까지 모두 삼켜버려
짙은 어둠 속으로
끝 모르게 내몰리던 밤들

보고픈 만큼
가슴이 이끄는 만큼
망연히 삼키던 건
향기 아이의 그리운 추억

빈자리 그리고 당신

가슴속에 다져 놓았던 추억들이
보풀보풀 일어난 아침
습기 빠진 바람이
새털처럼 하늘을 누빈다

사람들이 아무리 아우성 쳐대도
계절들은 늘 그래왔듯
묵묵히 그들의 시간으로
분갈이를 한다

내가 좋아하는 하늘과
사람들이 꺼려하는 세월과
그 틈새를 채우는 삶의 향기와
똑똑한 햇살

세상이 흐르는 그곳에
안타까운 그리움이 지나간 그 자리에
내 기억이 닿는 그날까지
지정석으로 남아있을 한 사람의 빈자리

그리고 당신.

빗방울 한 송이에도

고즈넉한 휴일 아침
가만히 들어앉는 건

밤을 하얗게 보냈을
가녀린 그대의 여운

때 놓친 허기보다
더 질게 파고드는 건

게으른 아침에까지 깊숙이 스며든
당신의 향기

농익어 흐드러진
촉촉한 봄 이야기

빗방울 한 송이에도
그리운 건 들꽃 아이

소금

땡볕에 버티고 앉아
콘크리트 벽을 뚫다가
안경에 뚝뚝 떨어지는
땀방울을 보며
당신이 생각났습니다

뿌옇게 방울진 땀 속에
신기하게도 당신이 있습니다
등줄기를 거슬러
뜨거운 기운이 올라옵니다

대지를 녹이는 열기가
드릴의 굉음까지 태워버리자
더 뜨거운 그리움이
턱으로 후드득 떨어집니다

시원한 바람 한 줄기
몸을 휘감고 지나갑니다
쪼그리고 앉아
잠시 당신을 생각합니다

그리운 만큼
소름이 돋아났습니다

어느 바다의 새벽

부드러운 커피 한 잔이
목구멍에 반쯤 내려가다
흔적도 없이 사라져 버린 날
이불을 펴며
어느 깊은 바다를
불현듯 불러낸다

언제부턴가 입맛 다시던
한 조각의 치즈 케이크도
가물거리는 환상 속의
거대한 이야기되어
배고픈 아침에
파도처럼 솟구친다

여름에 딸려 오기로 한
묵직한 그 바다는
그대가 나타날 때까지
바닷속 깊은 곳에 숨어 있다가
마음이 열리는 그날을 기다려
파란 비늘을 쏘아 올리며
퍼덕퍼덕 치고 오를 생각이었나 보다

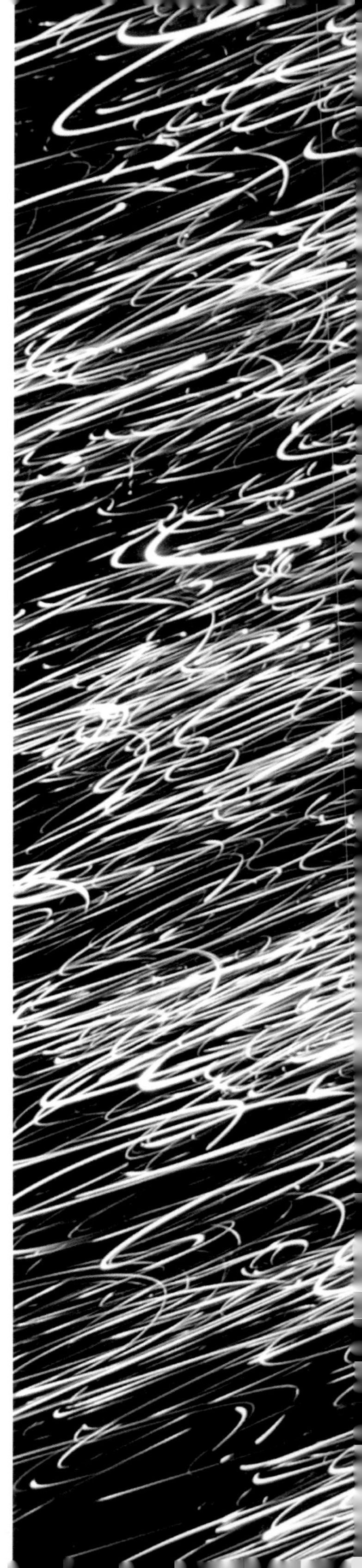

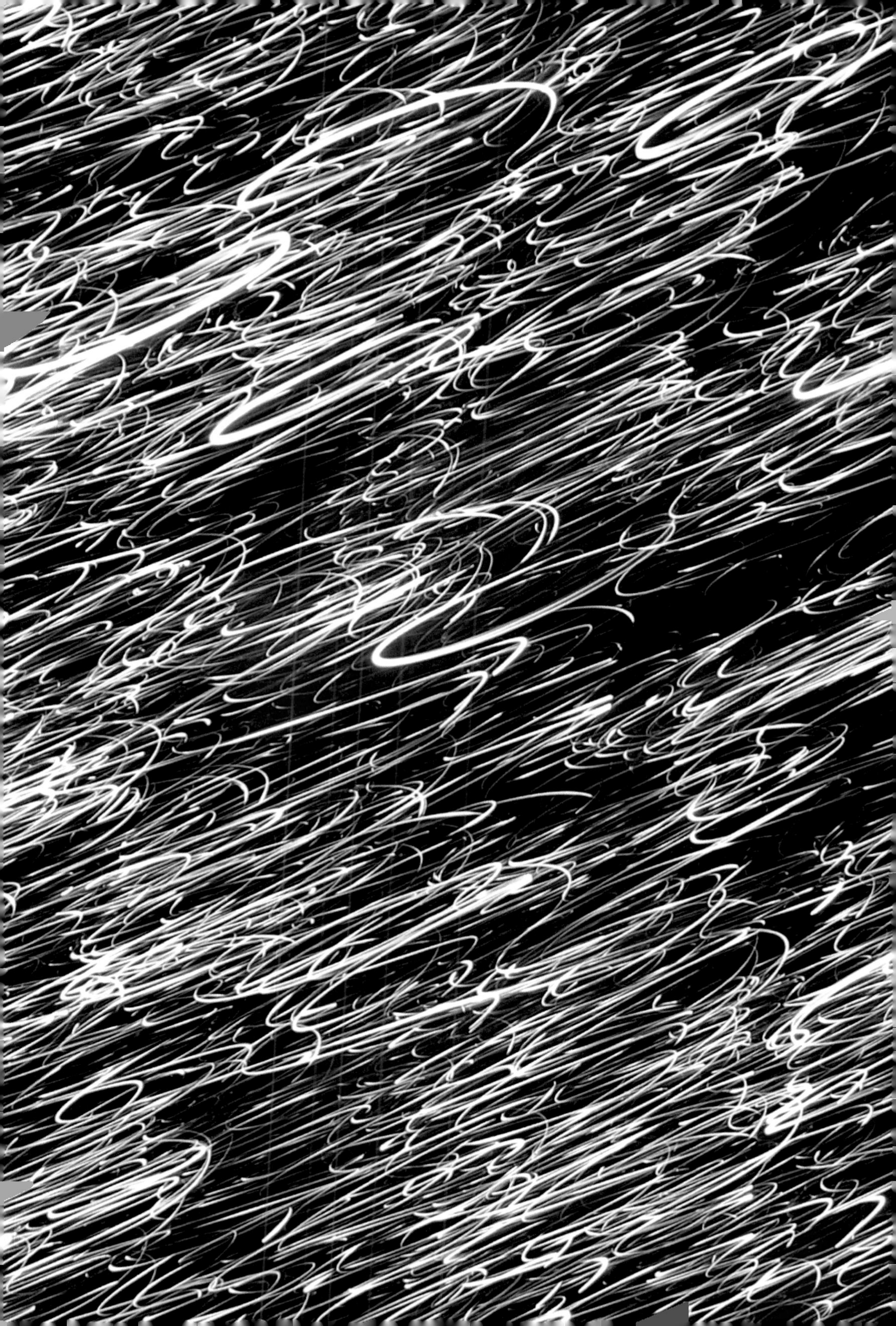

언제나 그 안에

아무렇게나 마음을 열어도

잔뜩 찌푸려
어둡고 얄궂은 마음
우울하게 텅 빈
마음 안에도

당신

홀로 견뎌야 하는 시간

생각 간신히 눌러도
또 그리움으로 비집고 돋는

당신

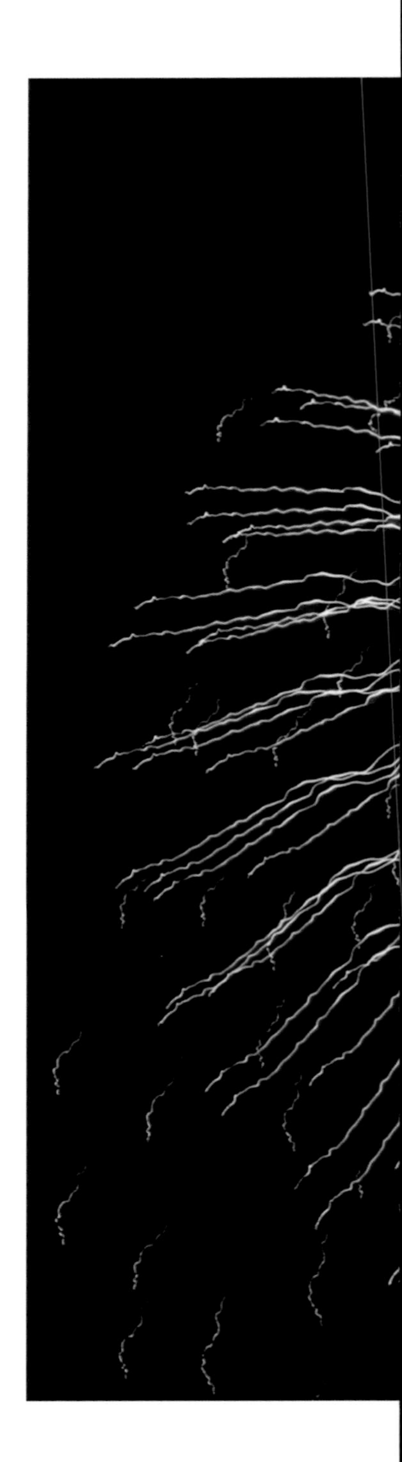

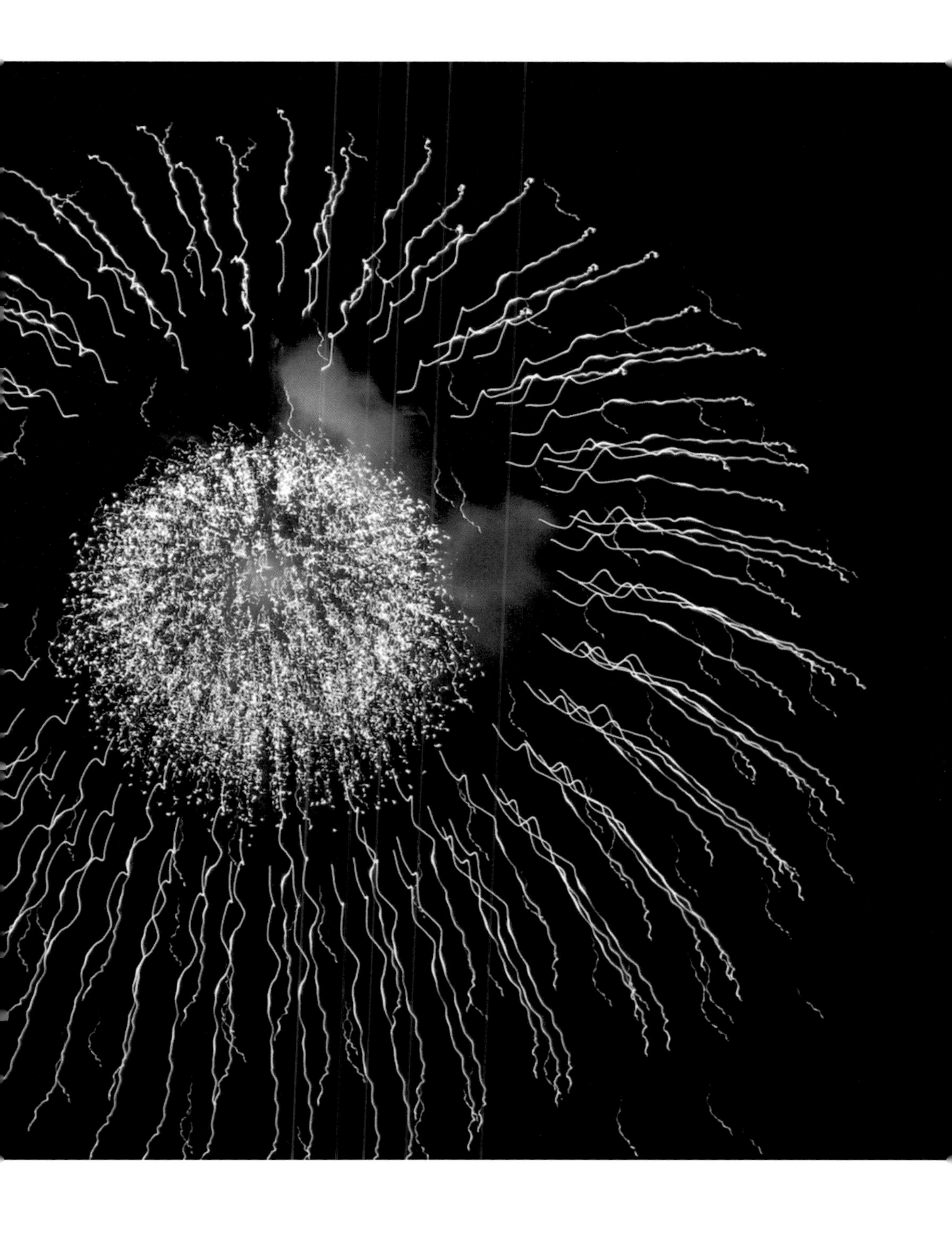

이카로스의 길

하루에도
몇 천 갈래씩 자라나는 그리움을
가느다란 곁가지까지 알뜰히 엮어
네 마음속으로 다리 놓는다

보고픈 마음 덧대어
색색들이 얽어 놓은 매듭이
그대 떠올릴 때마다 출렁거려
부서져 먼지로 가라앉아 있던
묵은 마음들까지 들쑤셔 깨운다

그대 생각 한 번에
새 길을 만나고
그대 그리움 하나로
간절하게 터지며
또다시 찬란하게 부서져 내린다

하루에도
몇 천 개로 조각나는 그리움을
차곡차곡 가지런히 쌓아 올려
네 마음 꼭대기까지 또 길을 놓는다

참 이상한 것

사랑은
생각만으로도 행복한
참 이상한 것입니다

사랑은
마음에 담는 순간
그리움이 되는
참 이상한 것입니다

사랑은
돌아서면 아리고
묻어두면 시리는
참 이상한 것입니다

퇴촌 가는 길

떠올림만으로
행복해지는 길

햇살이 없어도
빛이 나는 길

늘 보고 싶고
가고 싶은 길

향기 아이 있어
한없이 든든한 길

3

기다림

그게 언제일지라도

아주 늦게 잤는데도
이끌려 일어난 오늘 아침은
시리도록 맑았어요

눈을 뜨는 순간부터
그대가 못 견디게 그리워지는군요
창밖의 바람이 소리 내며
서성이는 낙엽들을 떠밀어 가네요

눈을 감아요
바람 소리에 귀도 기울여요
가만히 다가오는 그대의
꿈결 같은 감촉이라도 느껴보려고요

들꽃 품은 햇살이
얼굴을 살며시 만지고 갑니다

이대로 눈을 뜨면
당신의 가녀린 손길이
내 눈과 손안에서
화사하게 미소 지었으면 좋겠어요

그게 언제일지라도
그게 언제일지라도 말이에요.

그대가 있는 내일은

그대 처음 본 날부터
내 불안과 두려움과 절망이
꼬리까지 말아 쥐고
달아나 버렸던 걸 기억하시려나요

어리둥절한 그 자리를 빼곡히 메운 건
발 빠르게 들어앉은 그리움이었다고
말하지 않았던가요

얼마나 센 녀석이었던지
시간을 얽어매고 버티는 힘도 어지간했지요
내일을 기다리는 하루가
자그마치 천년쯤이게 만들었어요

그럼에도 소리, 기척도 없어서
하루를 살아내기가
바람보다 쉬워졌던 게 사실이랍니다

외려 설레는 가슴
몸 둥실거리게 만들어
종종 바닥나던 힘 다시 차오르고
하루가 온통 두근두근 떠다녔다니까요

아침마다 불편하던 내일도
오래된 친구인 양 되살아났지요

어둠으로 가는 어귀서부터
쿨렁거리던 심장
그 언저리까지 서성거리던 시간
그대가 있는 내일은
현기증 나는 두근거림이었으니까요

그래도 기다려야지

그땐 뭐가 뭔지 몰랐어
그냥 밤이 좋았던 것만은 아닐 거야
새날을 두려워했던 건지도 몰라
뜬눈으로 새우면
하루를 번다고 생각했을지도 모르지

그 젊은 시절의 언저리
어둠이 짙어갈수록
까닭 없이 서성거리던 두려움
기다림의 의미도 모르고
막연한 슬픔에 추락하던 새벽들

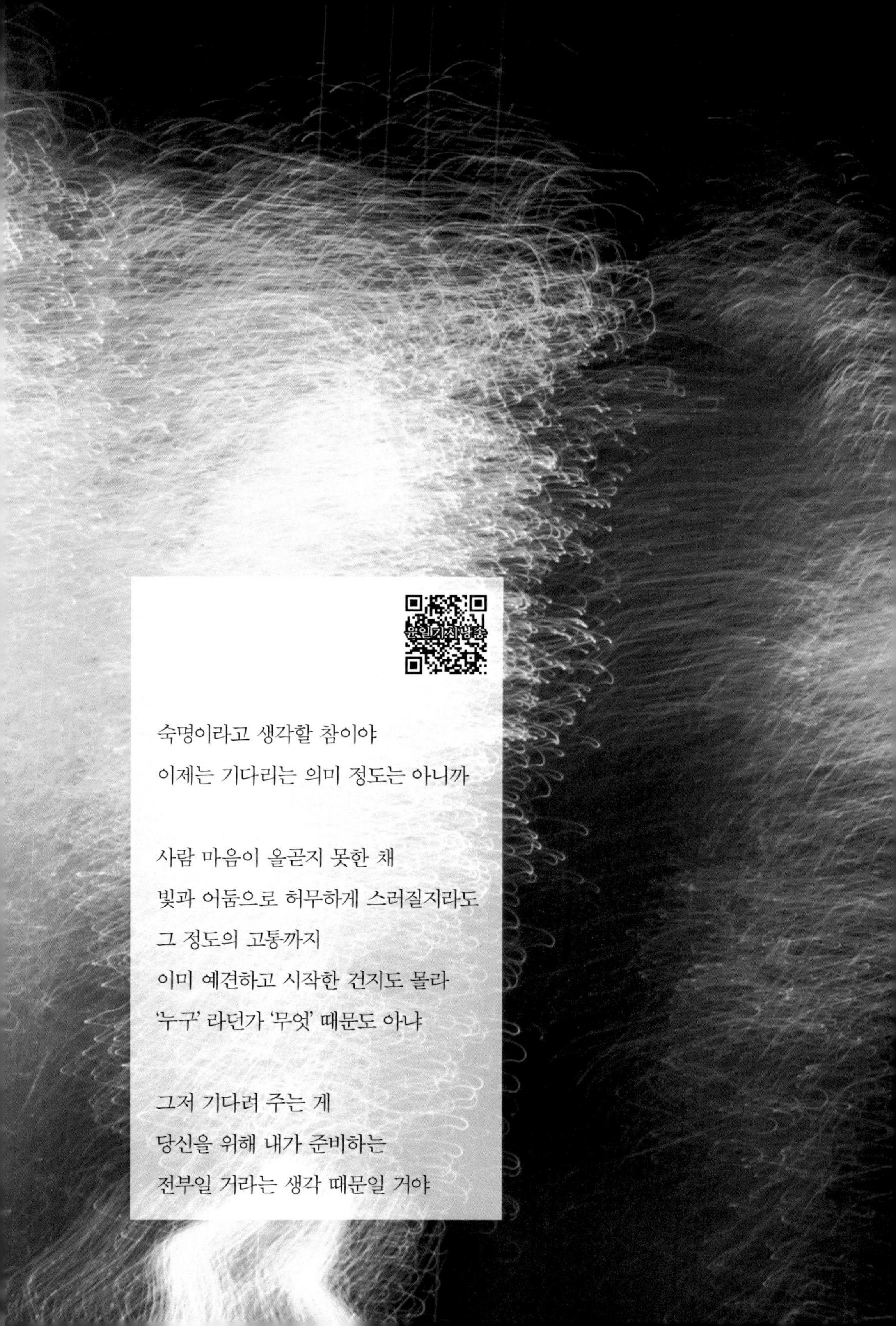

숙명이라고 생각할 참이야
이제는 기다리는 의미 정도는 아니니까

사람 마음이 올곧지 못한 채
빛과 어둠으로 허무하게 스러질지라도
그 정도의 고통까지
이미 예견하고 시작한 건지도 몰라
'누구' 라던가 '무엇' 때문도 아냐

그저 기다려 주는 게
당신을 위해 내가 준비하는
전부일 거라는 생각 때문일 거야

그나마 다행이다

힘차게 일어나는 새 하루는
수 십 억년 동안이나
시간을 삼키면서
누구를 기다려 온 걸까

이름 모를 풀 한 포기도
그 오랜 밤을 머금어 온
작은 새벽이슬 방울조차도
묵묵히 따라 준 세월

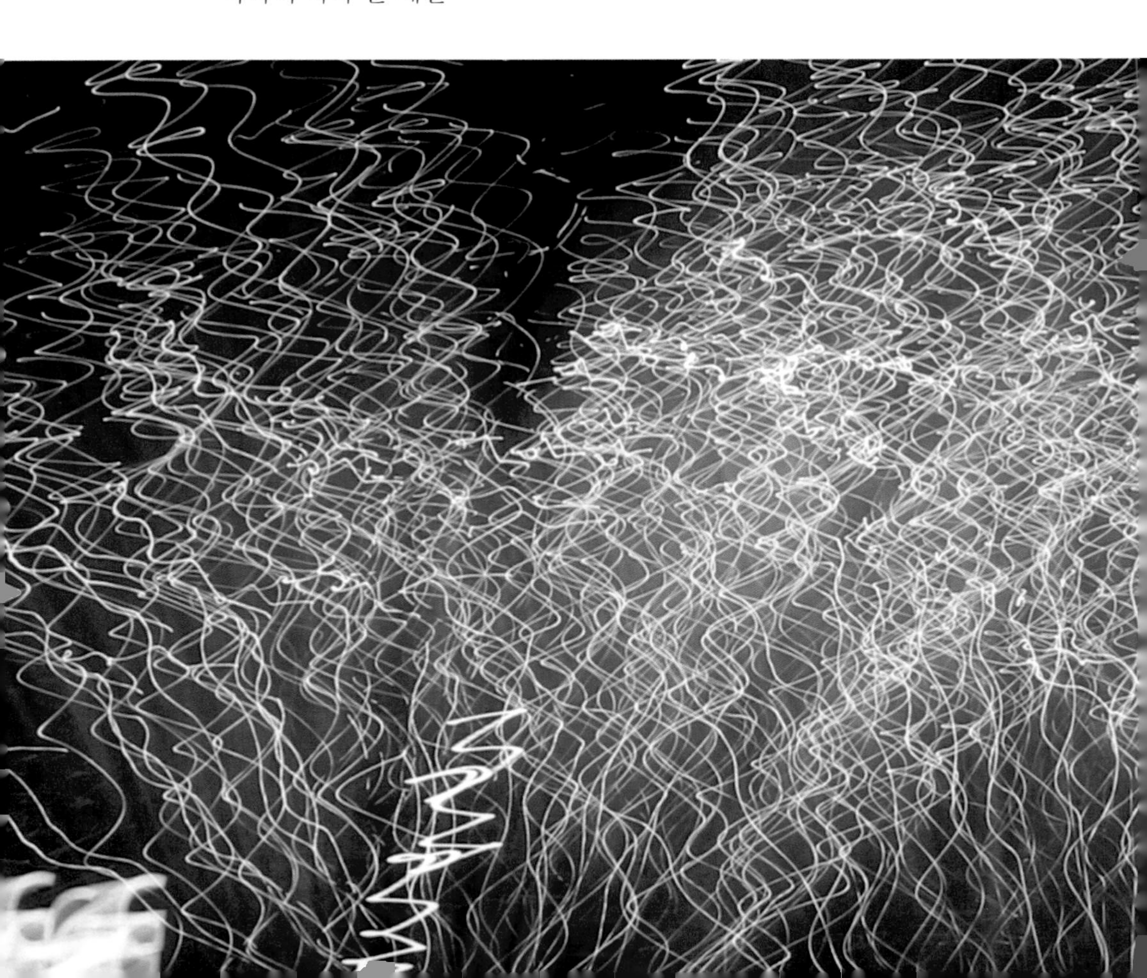

한 사람 향해
저절로 일구어진 이런 마음이어서
단 한 순간도
의심하지 않았던 믿음이었으리라

지구별 안에서
채송화 씨의 껍질에 묻은
먼지만큼 살아온 홀로의
고독한 기다림이 아니어서
그나마 다행이다

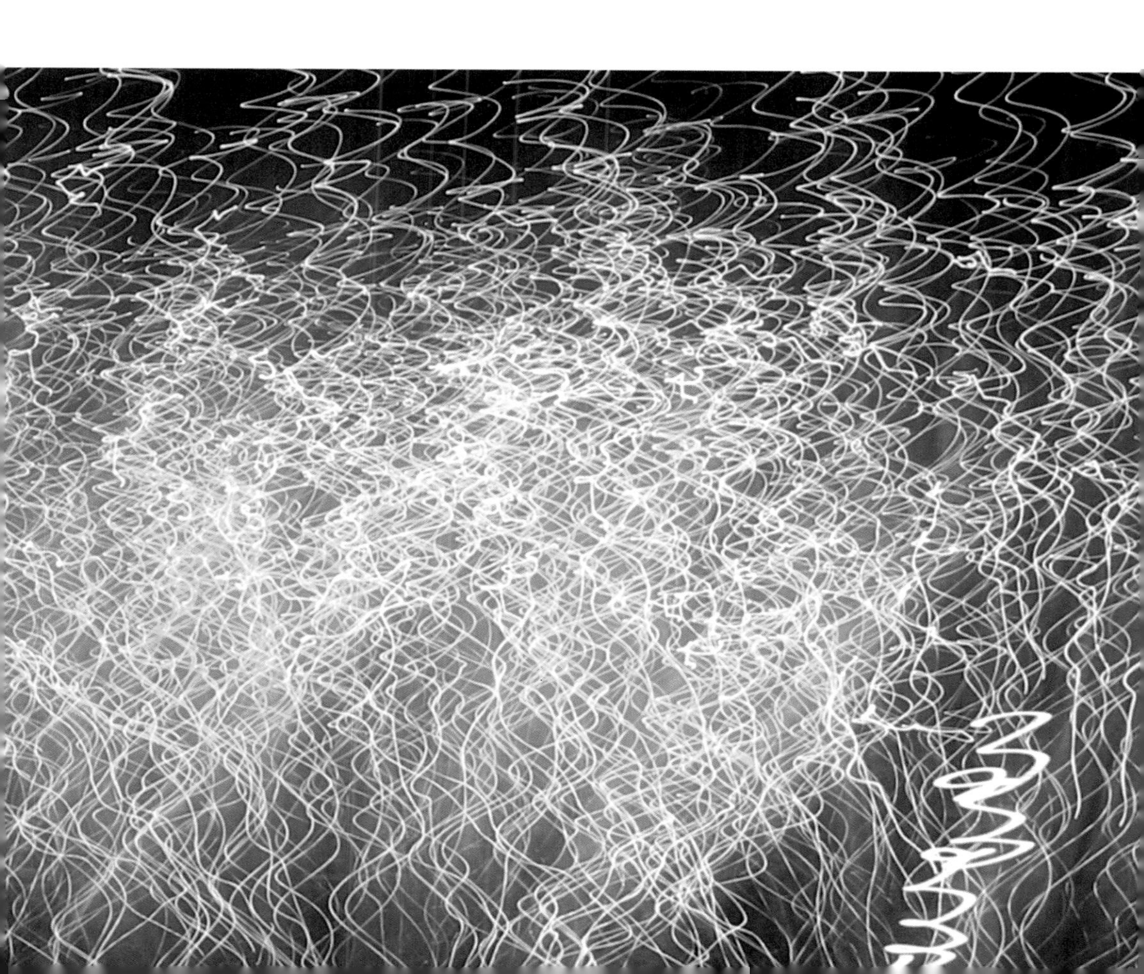

기다림도 사랑이에요

그래도 좋아요
만나는 바람이 새로울 테니까요
어느 날은 빗속으로
어떤 날은 들끓는 하늘
아무렴 어때요
미안해하지 말아요
당신 마음 잘 알아요
온종일 기다리면 어때요
아무런 걱정 말아요

기다림도 행복이니까요

언제나 좋아요
당신의 숨결 있는 곳이니까요
어느 날은 바람맞으며
어떤 날은 눈 덮인 하늘
아무것도 필요 없어요
볼 수 있는 것만으로
손끝의 온기
그것만으로도 좋아요
나 언제나 거기 있을 거예요

기다림도 사랑이니까요.

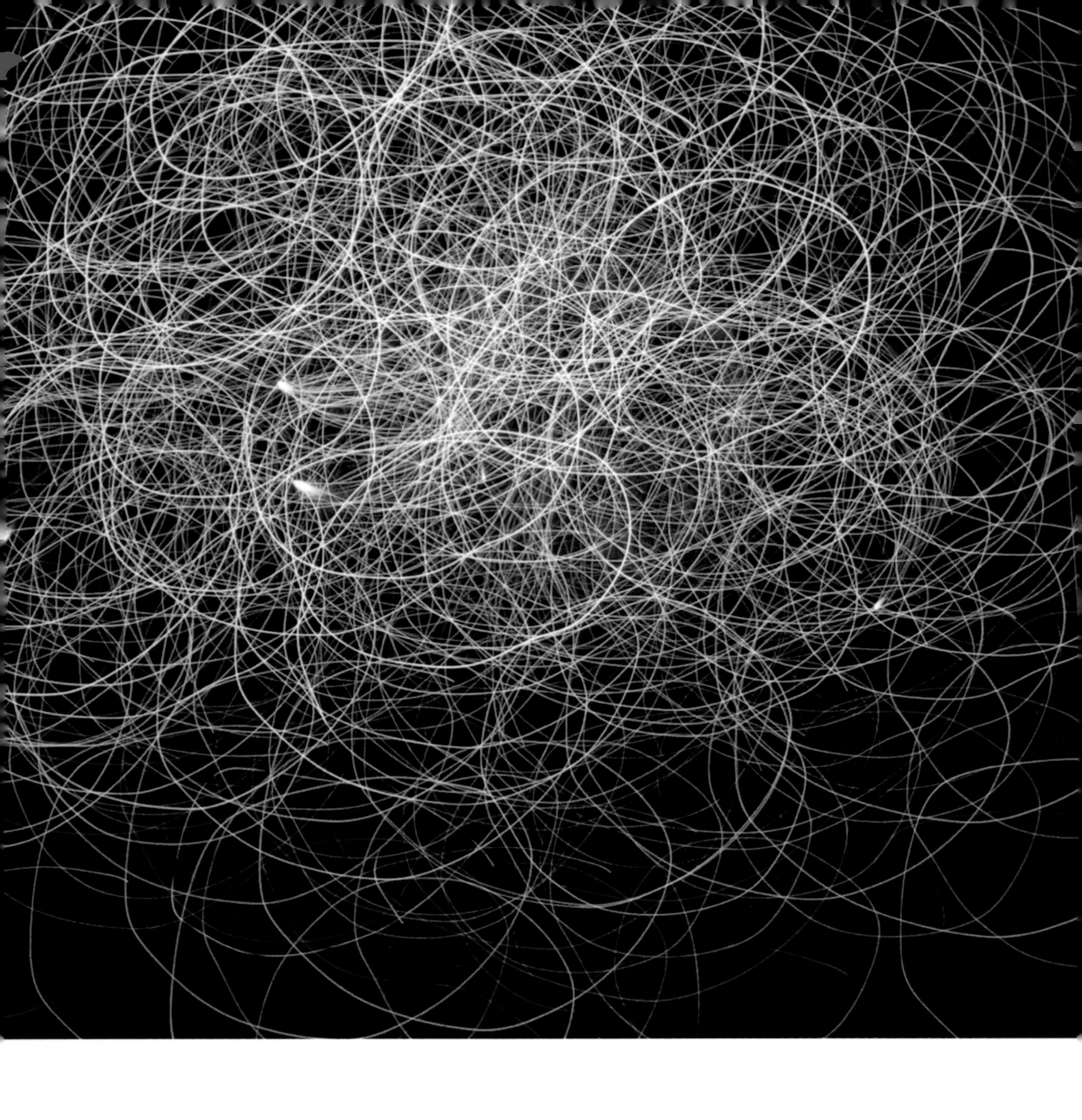

기다림을 만드는 것들

시간이 해결해 준다고

쉽게들 말했다

그것들이 다져져 굳어지고
또 널따랗게 얽혀
바위로 보일 즈음이면
툭툭 털려 날아갈 먼지만큼
옅어질 줄 알았다

견디고 견뎌
세포조차 탈색될 때면
단잠에서 놀라 깨어
늘어지게 기지개 켜며
일어날 줄 알았다

가슴에 검붉은 멍이 들도록
수많은 그리움을 무던히 삼켰어도
익숙해지는 게 습관이 되어 버렸던가
표정 없이 준비되고 있는 또 다른 기다림

그렇게 채웠는데도 여전히
시선조차 닿지 않는 공간

세월을 못 믿어선지
약이 되어 주는 것 같지 않았다

너는 나의 미래다

같아 보이지만 전혀 다른 아침

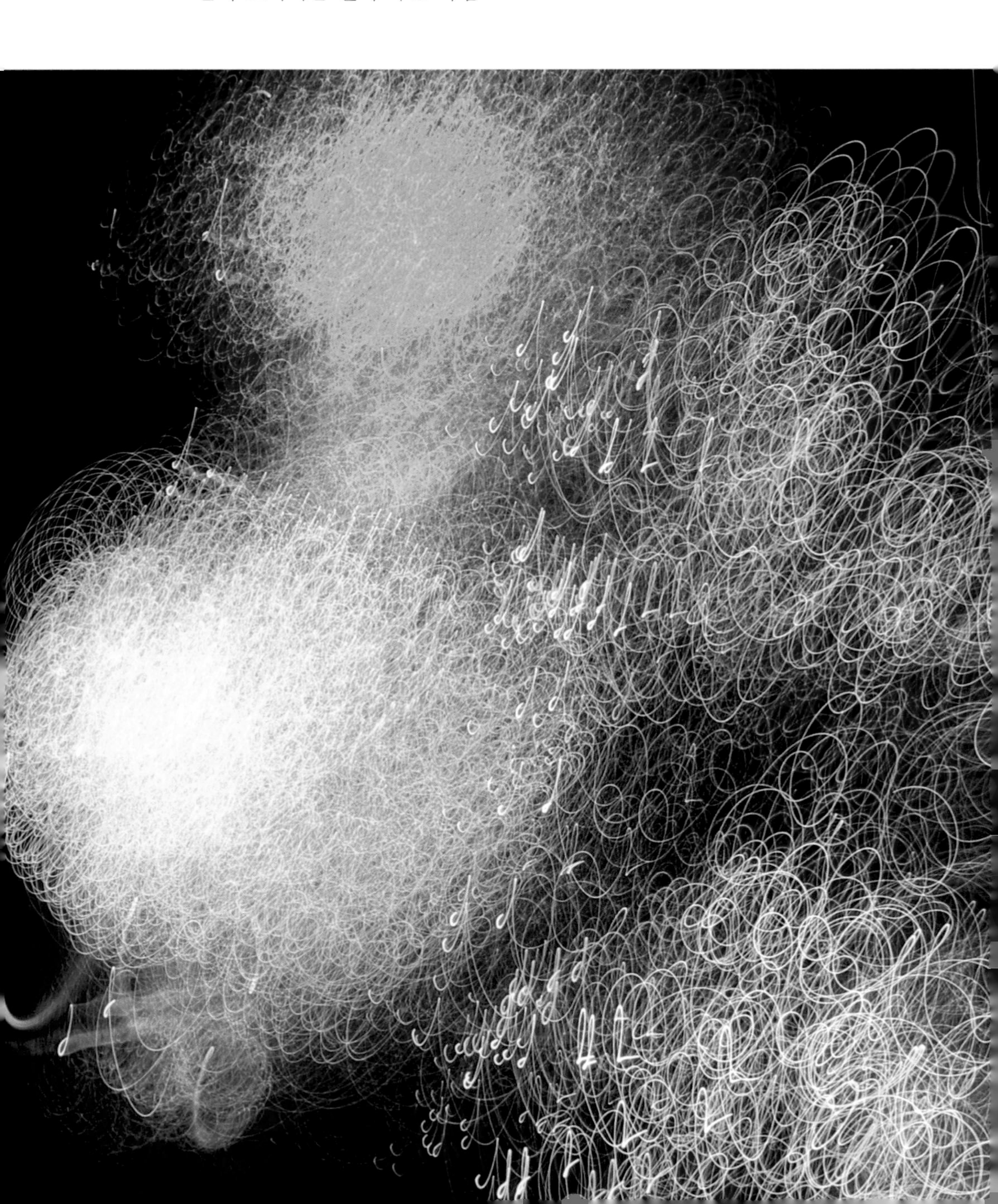

지금 나와 네 앞을 살랑이는 바람도
해를 뒤에 챙겨두고 낮게 내려앉은
하얀 하늘도
상큼한 습기 머금고
온몸으로 노래하며
목덜미 퉁기고 가는 바람도
가슴속으로 들어와
기억이 되고 새로운 추억이 된다

가까운 미래에
너와 나의 마음 깊은 곳으로 들어
그리움이 되고
행복이 되겠지

기억 다시 떠올리고
어느 미래에서 추억을 재구성하며
우리는 낮 선 오늘을 산다

다가올 행복한 순간들을 위해
너를 떠올리고
보고 싶다고 말한다
그래서 너는
나의 미래이고
나의 중심이고
세차게 뛰는 내일이다

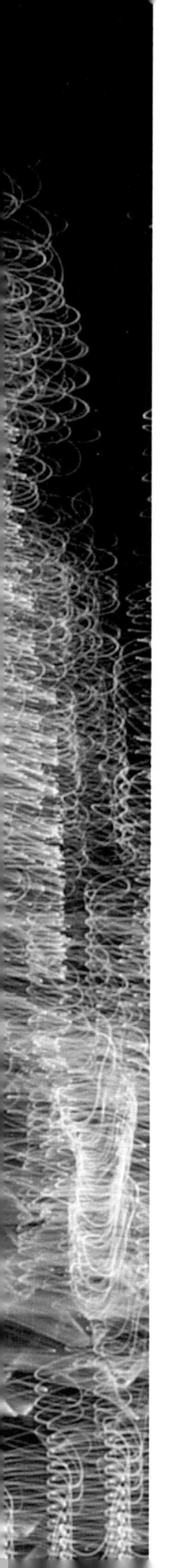

내 안에만 있는 당신이라는 바다

밤이 몇 만 개 쯤 하얗게 바래도록
끝없이 떨어져 내려도
다다르지 않을지도 모를
기다림의 공간

수천 개의 별똥별이
한꺼번에 쏟아져 내릴 때까지
기다릴 것 같다가도
눈만 감으면 아득히 열리는
꿈속 당신이라는 바다

바람으로 고삐를 잡고
별빛을 곱게 갈아
파르란 손 불 한 움큼 밝혀서라도
어둡고 깊은 그곳에 기어이 들어
따뜻하게 데워 줄
그리움의 고향
내 안에만 있는 당신이라는 바다

들꽃 아이 이야기

가지런히 늘어뜨린 구름 너머
먼 하늘 가장자리서부터
별이 실하게 영글어 오던 날
일상에 들어선 이야기

한 줌 기운도 야물게 다져
눈부신 빛깔로 곱게 펴 바르고
바람에 들려 세상으로 날아온
상큼하고 신선한 향기 이야기

영혼을 열고 뼛속 열정까지 끌어 올려
들끓는 용암으로 살아내고 싶어 했던
진지한 남자의 운명이 어우러져
둘만의 향으로 피어나고 싶은
간절한 이야기

소박한 기다림

언제부터였던가
기다리는 사람마다
시간의 길이가
달라지는 것을 알게 된 것이

꽁꽁 묶여 있기도 하고
눈 한 번 끔뻑임에도 몇 시간씩
후루룩 내빼버리기도 하는 거

아직 다다르지 않은 누군가의 자리
기다림으로 알뜰히 닦아 둔
수많은 날들

꼭 한 사람에게만큼은
그게 언제라도 샘물이 되어
평생을 내어 주고픈
기다림의 소박한 마음

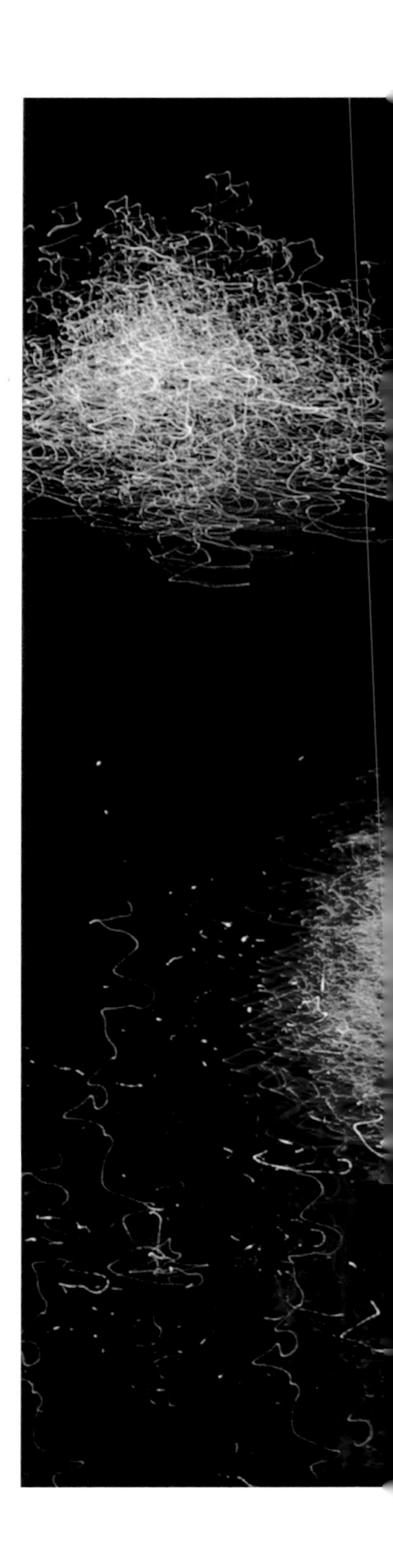

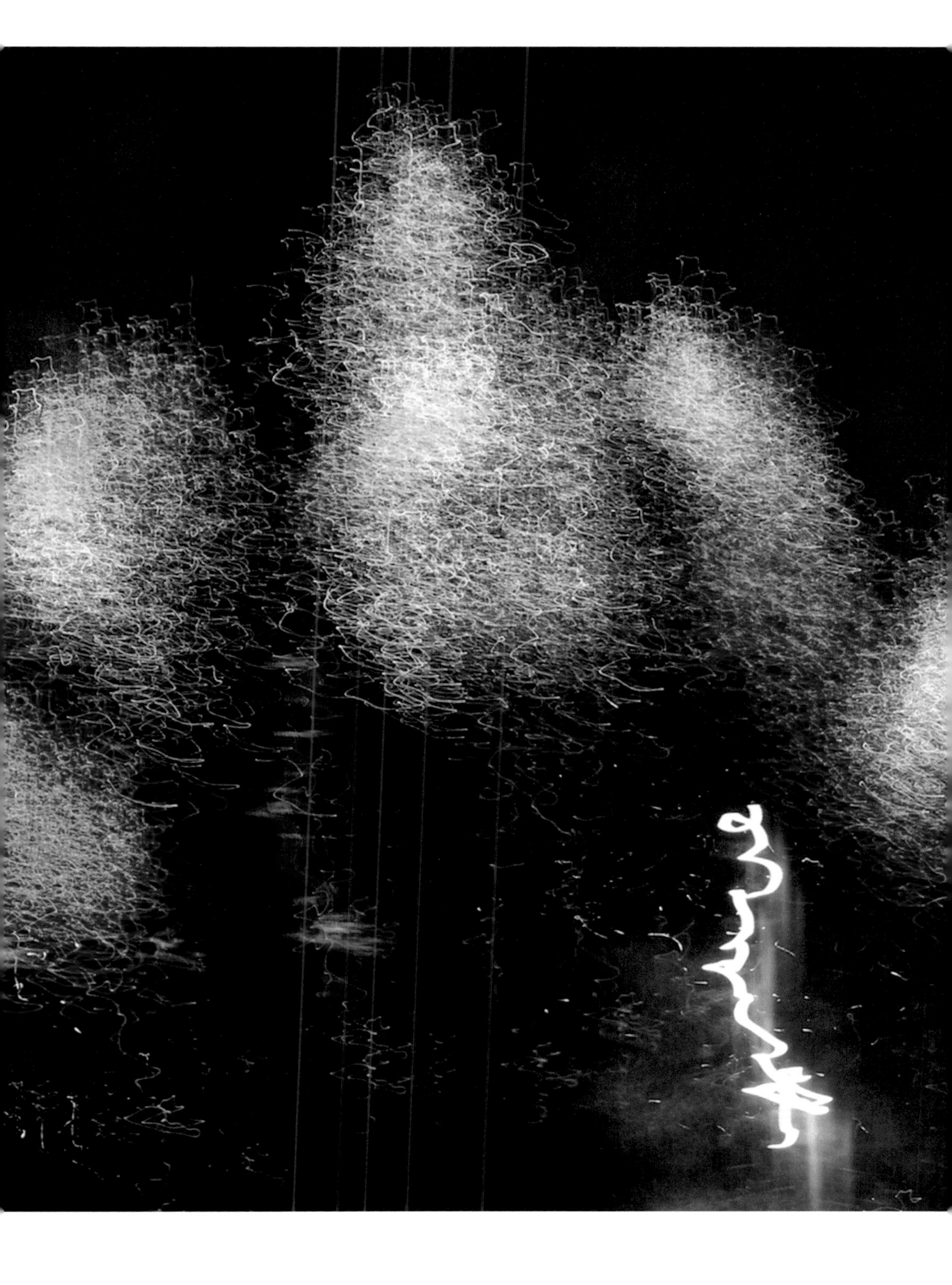

후회 없는 너여서

가파르게 떨어지는 공기의 온도조차
밑동까지 시커멓게 타버린 정신을
되살리지 못한다.

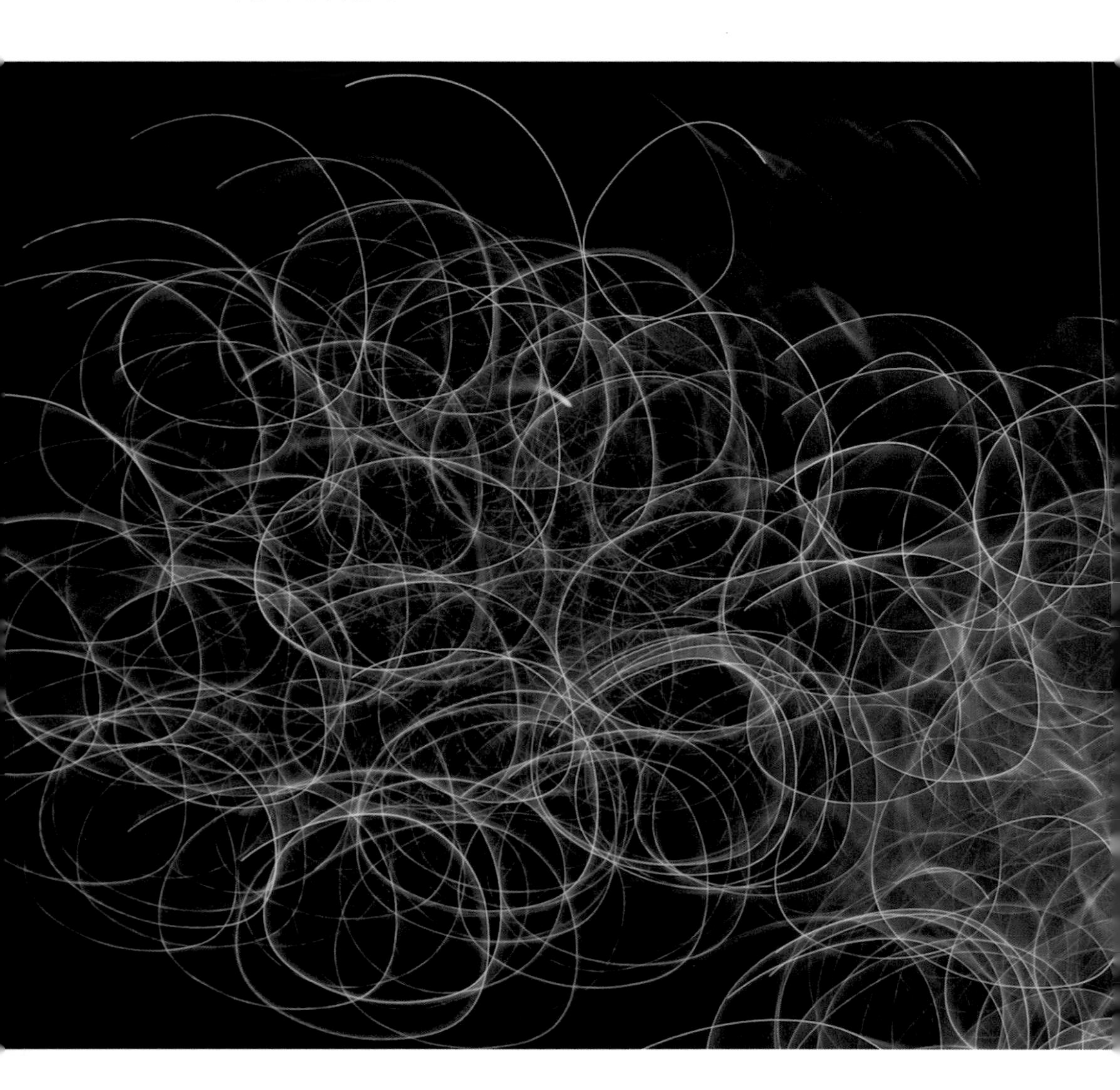

시간이 이렇게 타들어 가다가는
살과 뼈까지 남김없이
태워버릴 수도 있겠다 싶다

가슴이여 극도의 냉기로
들끓는 의식을 얼려다오

제멋대로 흘러 다니며
네게로 탈출 꿈꾸는 심장의 함성을
깊이 숨어 있는
미지의 힘으로라도
막아낼 수 있게 해다오

버티고 견뎌내다가 그도 버거우면
신의 의지를 빌어서라도
극복할 수 있게 해다오

시간이 모든 것 태우고
그조차 기어이 타올라 없어질지라도
마음으로만 품고 가는 것에
더없이 감사하리

그 후에
죽음보다 더한 고독이
내 운명으로 닥쳐온다 하여도
한순간조차 후회하지 않으리니

4

보고픔

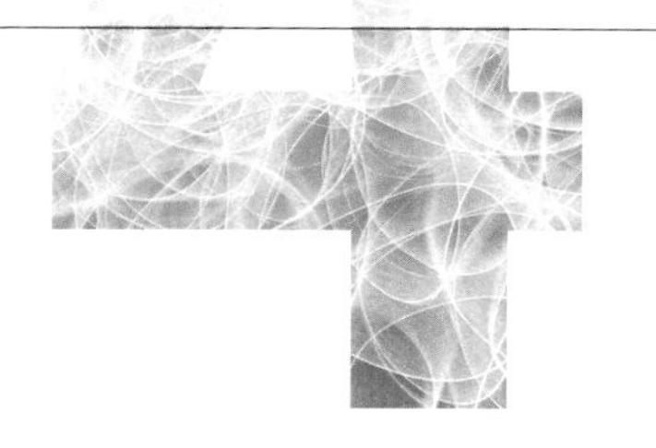

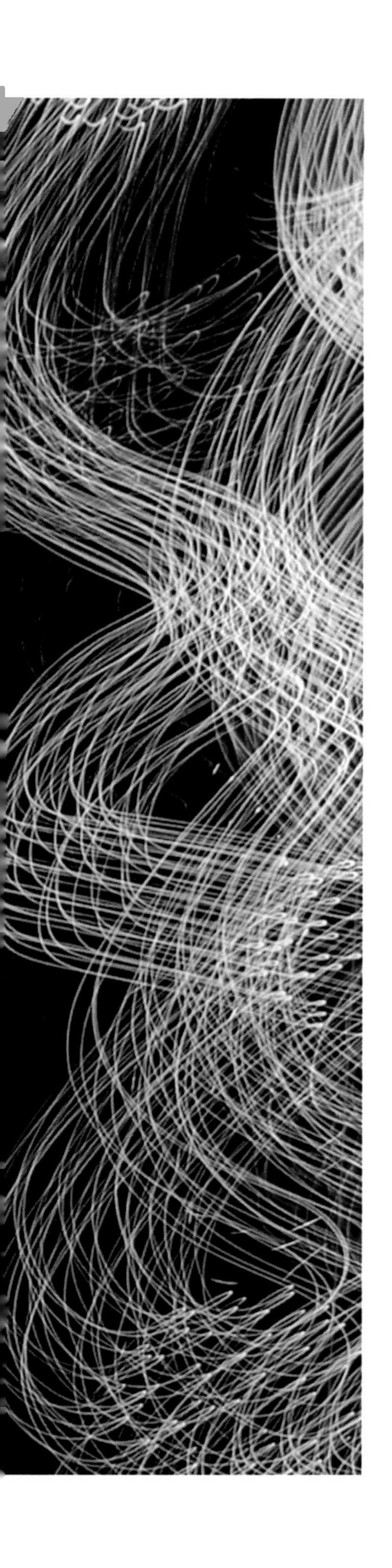

걸음마다 그대

꿈속 생각까지
성의 없이 갉아먹힌
지루한 밤이 지난다

깊게 잠기고 싶어도
간혹 까맣게 잊고 싶어도
내 의지와는 무관한
무의식의 시간

늘 그래왔듯 허기를 달래고
물끄러미 거울을 보다가
축 처진 입 꼬리 그대로
약속된 길 나선다

풀죽은 걸음마다
밤을 하얗게 태우는 그대가
사그락사그락 밟힌다

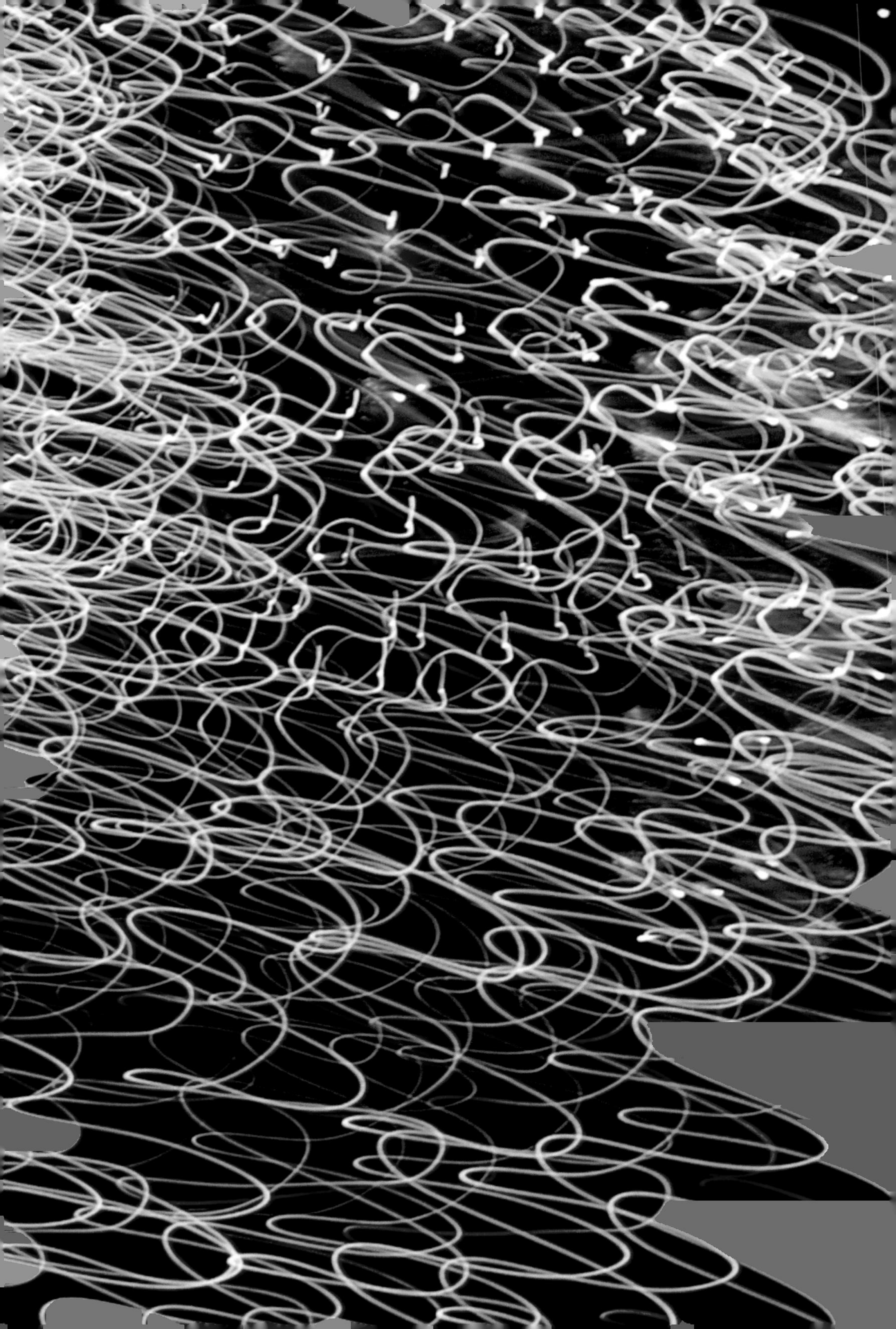

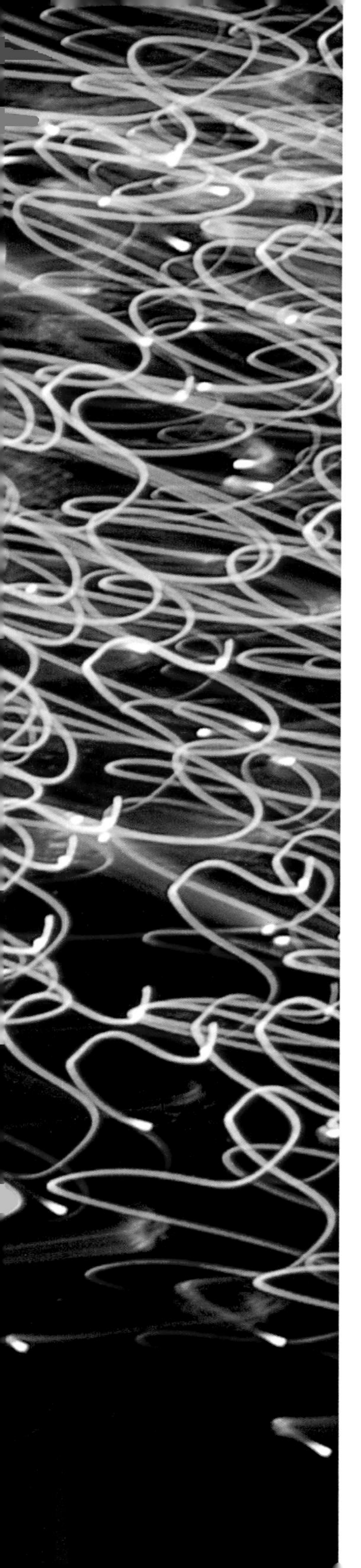

그 사람을 향한 밤

해야 할 일이 많을 때도
너무 지쳐 널브러져 있을 때도
그 사람만을 위한 어둠을
빠짐없이 만난다

하루도 건너갈 수 없는 여정
하루가 전부이기도 한
그 사람을 향한 밤
오직 그만이 누리는
돌아오지 않을 밤

꼴록꼴록 차오르는 어둠 아래에서
가만히 숨죽이는 슬픔까지
그 사람을 지키는 몫이 된다

남자는
매일 두 개의 기도를 한다

긴 밤이 되지 않기를.

온 어둠이 그 사람을 위해
모두 깨어 있기를.

그대 생각 한 조각

한계를 강렬하게 자극하는
순간의 울컥거림
빛보다 빠르게 관통하는
그리움의 전율

간신히 견뎌내는 의지까지
인식하지 못할 만큼
비정하게 잠식하는
떠올림의 위력

시간과 공간의 영역
그곳을 내딛는 정신의 한 점마저
온통 휩쓸어 버리는
그대 생각 한 조각

그대 있는 곳으로

생각했어요

끝도 없이 생각나서요

눈을 감았어요

가슴이 터질 것 같았거든요

문밖을 나섰어요

갈 곳이 없더군요

무작정 거리를 쏘다녔어요

지나가는 사람들이 쳐다봐요

내 표정이 어땠는지는 기억나지 않아요

고개 들고 하늘도 보았어요
구름조차 한 조각 없었어요
눈이 마주친 잎사귀들만
가슴속으로 떨어져 들어왔어요
낙엽 뒹구는 길가에도
들꽃 향기만 온통 떠다녔어요
이어폰을 귀에 넣고
그대와 같이 듣던 음악을
하나하나 찾아 들어요
숨결을 느끼려고 눈을 꼭 감았어요
가슴이 아프더니 눈시울이 뜨거워져요

그대의 모습이 떠올라
아무 것도 할 수 없어요
지금 어디 있나요
바로 달려갈게요
어디라 하더라도요

그저 당신입니다

숨 한 번으로도
뭉클뭉클
보고픈 사람

맥박마다
왈칵왈칵
솟구치는 사람

아직도 새벽
햇살 기척 까마득한데
하루 앞에 선 사람

숨 쉬고
보이고
닿는 일상이
모두 당신

누군가 내게 묻는다면

누군가 내게
가장 힘들 때
무슨 생각이 드느냐고 묻는다면
보고 싶은 한 사람이
떠오른다고 말하리라

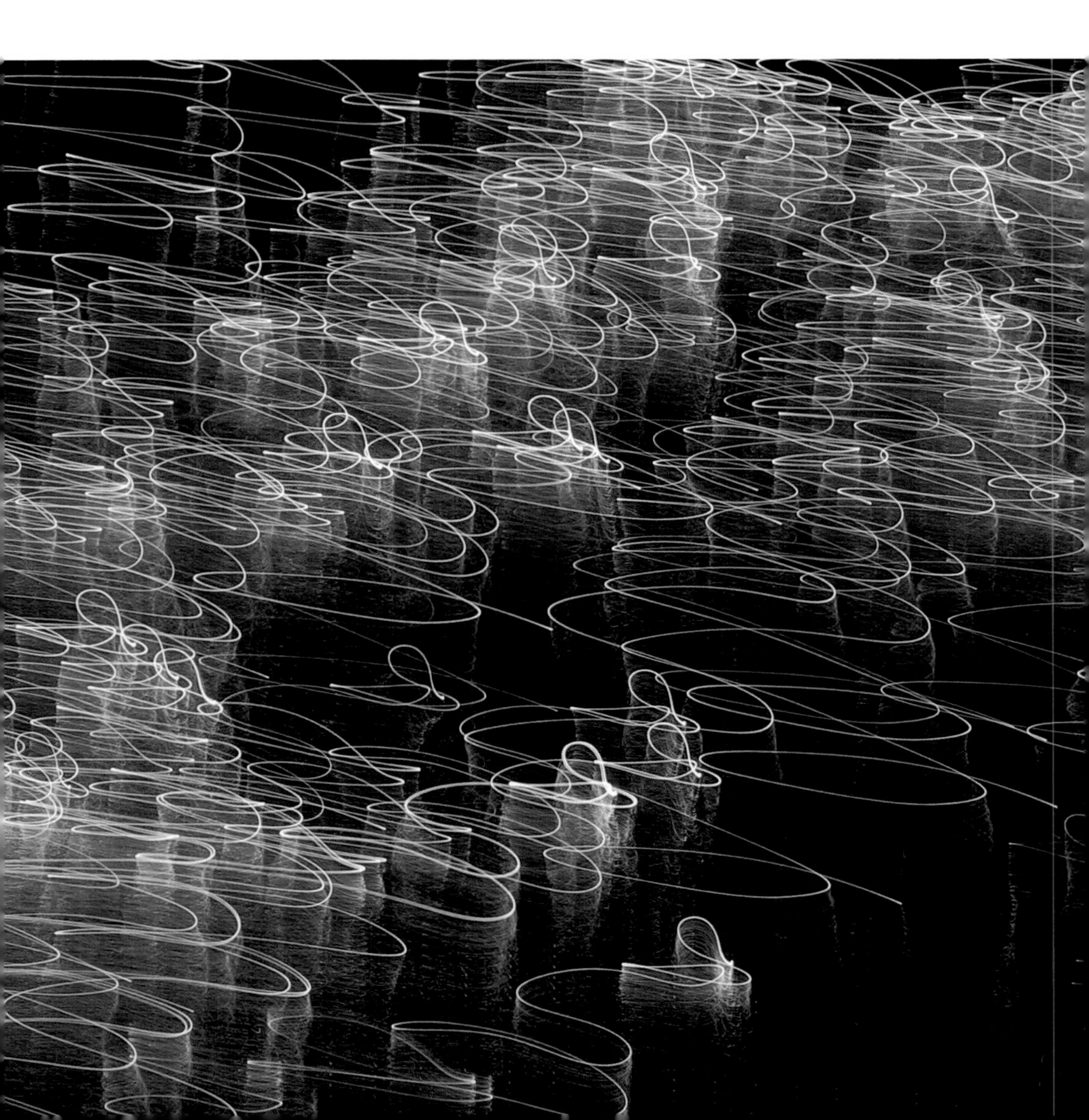

누군가 내게
정말 화날 때
어떤 생각이 드느냐고 묻는다면
왜 하필 지금 내 곁에
그 사람이 없는 거냐고 말하리라

누군가 내게
기쁜 일이 있을 때
무슨 생각이 드느냐고 묻는다면
들꽃 아이의 미소를 가져다가
가만히 펼쳐 주리라

누군가 내게
세상에서 가장 소중한 것이
무엇이냐고 묻는다면
나는 잠깐의 망설임도 없이 말하리라
그런 어리석은 질문이 어디 있냐고

누군가 내게
왜 사느냐고 묻는다면
어느 들끓는 여름에서부터
한 사람의 편안한 마음을 위해
내 모든 것이 존재한다고 말하리라

눈부신 4월

희망의 입자가 빛으로 내리고
거르고 걸러 온 바람이
계절을 흔들어
가치를 일깨우는 시간

잔인한 달로
상처 입었음 직한 시인의
말하지 못한 사연에
습관처럼 휩쓸리기에는
턱없이 해맑은 계절

삶의 여정에서 힘든 선택으로
긁히고 쓸려 상처 난 마음을
간신히 여민 사람들이
숨을 가다듬는 포근한 달

이른 새벽까지 깨어
희망을 지어내는 그대가
들꽃의 향기로 수줍게 피어나는
눈부신 4월

눈부신 당신

끊임없이
어둠을 잡아끕니다
팽팽한 힘이
하늘에 가득 찰 때까지
어깨 디밀어 버텨 냅니다

깊은 밤을 삼킨
당신의 땀이
땅 끝 마루턱을 넘어서
아직 식지 않은 대지에
느리게 떨어집니다

징검다리 어둠을
퐁당퐁당 건너
이끌려 나오는 새벽과
시선을 맞추자
세상이 환하게 차오릅니다

몇 날 밤을 설치면서도
또 다른 새벽마다
가슴을 태우며
빛을 이끌어 내는
눈부신 당신을 만납니다

당신을 생각합니다

뭘 하고 싶었는지
어떻게 살고 싶었는지
아무것도 떠오르지 않을 때
당신을 생각합니다

사는 게 힘들고
사람이 어려워
모든 걸 놓아버리고 싶을 때도
당신이 생각납니다

진정 소중한 것은
스스로 향기를 간직한다는 것을
진정 아름다운 것은
가치를 생각하지 않는다는 것을

시간의 의미
자연이 주는 모든 것
삶이 누리는 진실들을
당신의 향기를 통해 봅니다

세상에서 가장 아름다운 일

세상에서 가장 힘든 일은
운명이라 느끼는 단 한 사람의
영혼 속 뿌리까지 사랑하는 것이다

갑자기 들이닥친 마주침
뜨겁게 녹아내리던 여름날의
생각조차 얼려버렸던 순간

수십 년의 삶으로도
도저히 감당할 수 없었던
온몸을 휘감는 떨림

나날이 커가는 두근거림
생각이 멎어버려도
무의식의 껍질까지 뚫고
떠오르는 사람

자신을 세우며 살아온 삶보다
한순간의 떠올림으로
더 소중한 사람

세상에서 가장 아름다운 일은
흔들리지 않고
오직 그 사람만을 바라보는 일이다

신비한 그대

이른 오후에
후려치고 간 소나기의 뒤를 틈타
그대에게 들이닥치고 싶다

새벽이어도 좋고
쪄대는 한낮
골 깊은 밤중인들 어때

구름이 달리는 때를 기다려
어둠을 내리 가르는 보라 섬광처럼
함성을 지르며 달려가고 싶다

그대의 신비한 마력에
한마음 우당탕 추스르며
맑은 새벽을 투박하게 연다

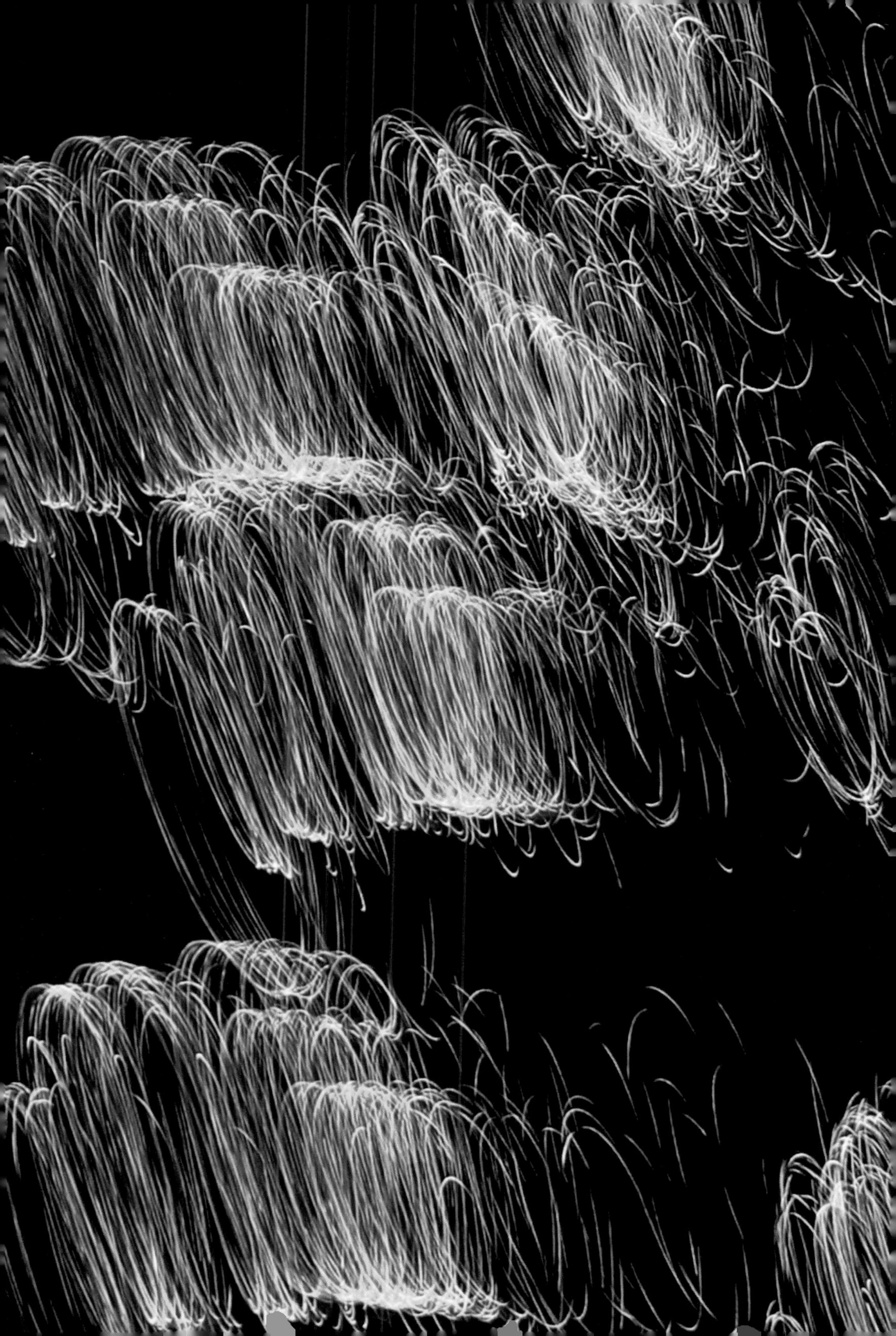

오늘 같은 밤

한숨을 내쉬는데도
너의 향기가 난다
어디를 보아도 네 모습이다

물오르는 옅은 초록 잎들이
너의 가녀린 모습과 닮았다
생명을 일깨우는
참하고 탐스런 노랑 햇살인데
너의 눈빛만 못하다

그래도 그 빛이 좋아서
20층 계단까지 올라가 일부러
바람에 떠밀려 온 빛을 만난다
너의 숨결 따라가려면
한참은 더 걸리겠지만

무수한 어둠이 쏟아져도
반쯤은 뒤척이는 밤
숨소리도 들킬까 봐
살금살금 뱉어내는 밤
오늘은 어떤 어둠을 타고
너를 만나러 갈까

어제와 다른 밤
네가 몹시도 그립고
보고픈 밤.

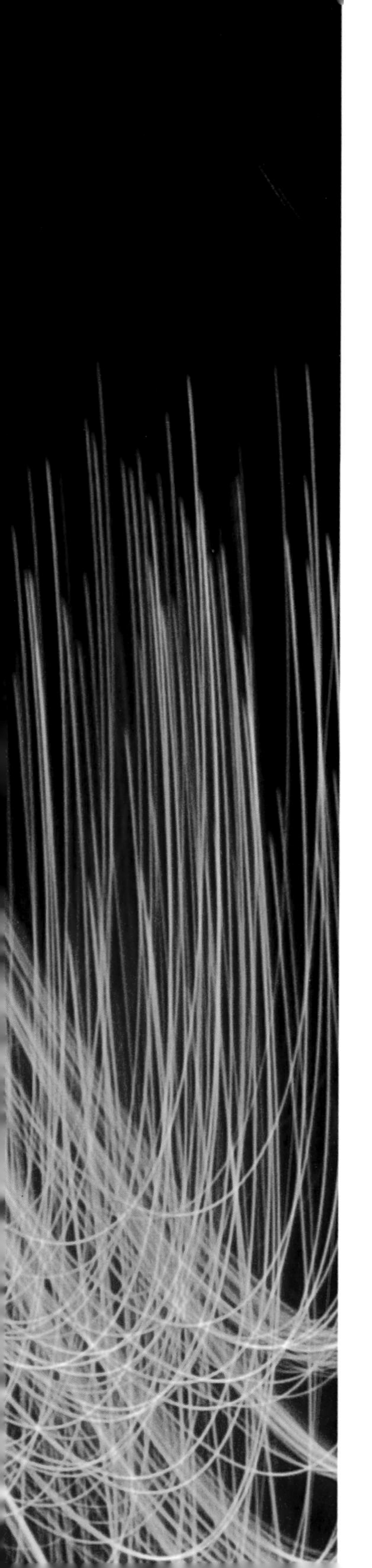

오직 당신이기를

인간이
도사려 품는
욕심의 무게

그들이 끝내
떨치지 못하는
의심의 진원지

자신조차 모르게
은밀히 감추는
욕망의 깊이

그 모든 것을 떨치며
강렬하고 더 뜨겁게
오직 당신 속으로 달리는
마음 하나

온통 그 사람이다

책을 보려고 서점에 들렀더니
온통 그 사람

어떤 책이 필요해서는 아니었는데
발 닿는 곳마다 그 사람

찬바람이 불자 왠지 허전하고
불안해지는 마음에 이끌리어 갔는데
문밖에서부터 이미 그 사람이다

책을 본다
마주 보는 그 사람

시집들을 연다
어떤 책을 펼쳐도
갈피마다 들어 있는 그 사람

혹시 안경에 붙어 있는걸까
멍하니 눈을 감아버려도 그 사람
머릿속에 망막에 가슴에
조용히 스며들어 있었던 건
온통 그 사람이다

5 속마음

가지 않은 들꽃 길

몇 며칠 스쳐 간
낙엽의 그림자들을
넉넉히 보듬어서인지
짙고 맑은 가을의 밤

날마다 새로워지다가
어느새 굵어져
옷깃을 두툼하게 만드는
짙푸른 바람

여름을 몽땅 머금고
쫀득한 색깔만 추려
조금씩 널어가는
단단한 햇살

가고 싶었던 길에
앞질러 피어나던
가지 않은 길섶의
향기 진한 들꽃 길

고운 사람

참 곱다

그 사람을 보고 있노라면
하나의 느낌만 남는다

어제도 그제도 입었던
녹갈색 패딩 외투
꾸미지 않은 머리
화장기 없는 민얼굴인데도
어둠 속에서조차 뽀얗게 빛이 난다

작년보다 조금 더 힘 빠진 어깨
가만가만 걷는 걸음에서
하루를 견뎌낸 의지가
발자국의 여운으로 선명하게 남는다
아무리 힘들어도
안으로 삼키고 마는 그 사람은
속 뒤집어질 만큼 미련하지만

이 세상 누구보다
고운 사람이다.

그 사람의 이름은

내가 사랑하는 사람은
마음이 커다랗습니다
몇 날을 걷고 또 걸어도
그 끝을 만나지 못할 만큼요

내가 사랑하는 사람은
마음이 깊기도 합니다
반짝거리는 조약돌 하나를 똑 떨구고선
몇 날을 기다려도
바닥 닿는 소리 들리지 않을 만큼요
하지만 그 사람은
자기 마음이 얼마나 큰지
어떻게 생겼는지도
잘 모르는 것 같습니다
시선을 놓칠 만큼
높게 빛나는데도 말입니다

나처럼
그 사람도
비슷한 고민을 하고 있지나 않은지요
마음을 열고 닫거나

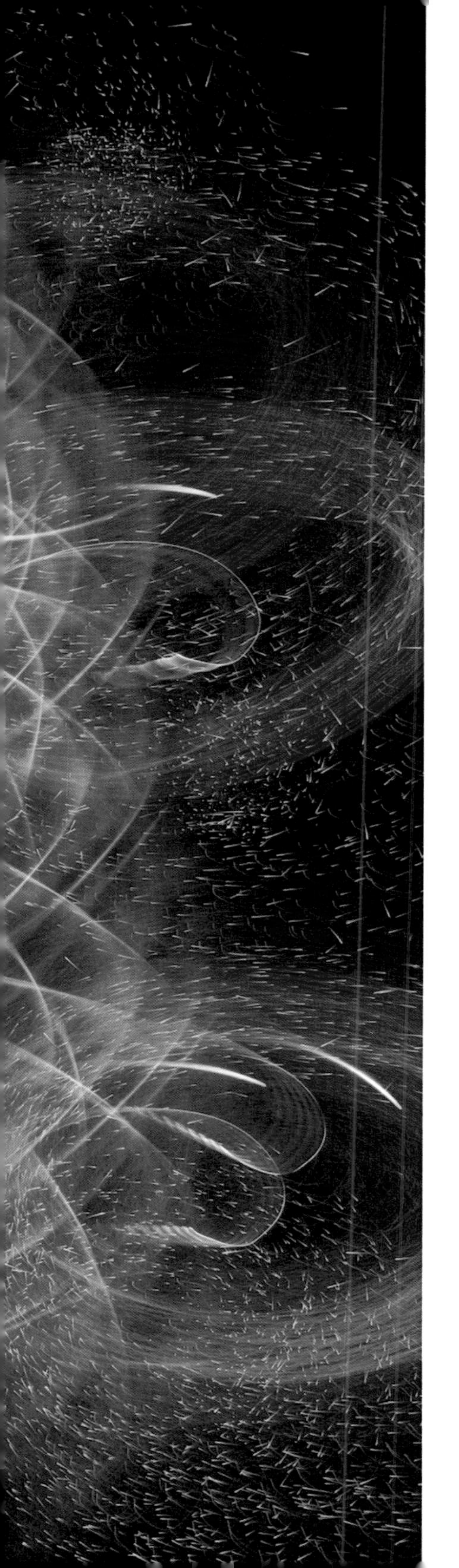

필요한 만큼 꺼내 쓸 때마다
크기와 모양
어떨 땐 색깔마저도 맞지 않아
쓰기도 전에 변색되어 버리거나
상하기도 했으니까요

참 이상합니다
매일 쓰는 건데도
때로는 낯설고
어색하기도 하니 말이에요

내가 사랑하는 사람이
자기의 마음을
있는 데로 바라보는 그 날이 오면
종일이라도 잔치를 열어줄 겁니다
일생 동안 이루고픈 일인데
그 사람 말고 누구도 평생
이루지 못하는 일일 테니까요

그 사람의 이름은 바로
들꽃 아기입니다

봄이 떠나기 전에

조금 멀리 있다 할지라도
내 간절함이 닿아 있을 테니
그대 우울해하거나
외롭다고 생각지 마요
마음 쓰이지 않게 해 드릴게요

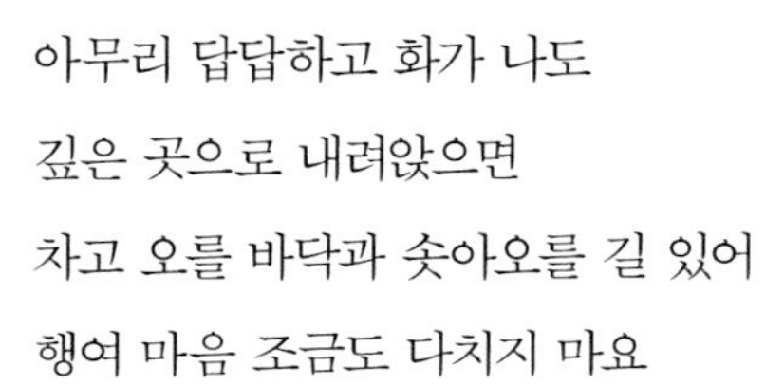

아무리 답답하고 화가 나도
깊은 곳으로 내려앉으면
차고 오를 바닥과 솟아오를 길 있어
행여 마음 조금도 다치지 마요

때로 눈뜨기조차 귀찮아질지라도
감은 눈의 저편까지 가보면
그것만으로도 편안해질 테니
힘든 마음 그곳에 내려놓아요

예전에 말한 것처럼 어깨 힘 빼고
편안한 흐름에 맡겨 봐요
그리고 천천히 깊게 숨 쉬어 봐요
봄이 떠나기 전에 나아질 테니까요

사랑의 색깔

열정

느낌

체온

정직한 사랑의 색깔을

그 사람의 눈은

그렇게 말했다

생각나서 전화했어

사랑이란 걸 하게 되면
침묵하고도 친해진다던데
사랑이 깊어질수록
그리움도 짙어지지만
가벼이 지나가는 말까지도
소중히 아껴 담는다던데

참기 어려울 만큼 사랑이 커지면
기다림도 금세 길들고
오랜 친구처럼 되어 한층 반갑다던데
생각나서 전화했다고 말할 땐
마음이 감당할 수 없게 자라
더는 참을 수 없을 때라던데

내일이나 모래쯤
천 번이고 망설이던 말
생각나서 전화했다고 말해야겠어

시간이 흐른 뒤에

사랑이란 이름부터가 참 그렇더군요
단 한 사람을 가슴 깊은 곳 그곳에
담는다는 게 어렵잖아요
눈에서 당장 멀어지면 세상이 곧 끝날 것 같고
한마디 말도 없이 돌아서 버리면
죽을 것 같았으니까요
시간이 두리둥실 떠나간 뒤에야
늦게 그걸 알게 될까요
지나간 사람들의 아픈 사랑이 그래왔던 건가요

불같이 활활 타오르면 금세 식는다고들 하지요
화산처럼 끓어 넘치는 사랑들이
모두 그래왔으니까요
시간이 흐를수록 점점 더 깊어져만 가는 내 사랑
나날이 자라나며 커져 가는 이런 마음
그대가 처음이에요

시간이 얼마만큼 흘러봐야
알게 될까요
얼마나 많은 밤들을 가슴에 쌓아야
알게 될까요

아침 녘 가을 길

천근 몸을 일으켜
달려 나온 가을 길
할 일을 일찌감치 끝낸
발 빠른 잎사귀들이
드문드문 지나는 차를 기다려
도로 위로 공중제비 한다

시간마다
계절마다
빈틈없이 배어 있는
단 한 사람을
심장에 든든히 챙겨 넣고
아침 녘 가을 길을 또 다시 달려간다

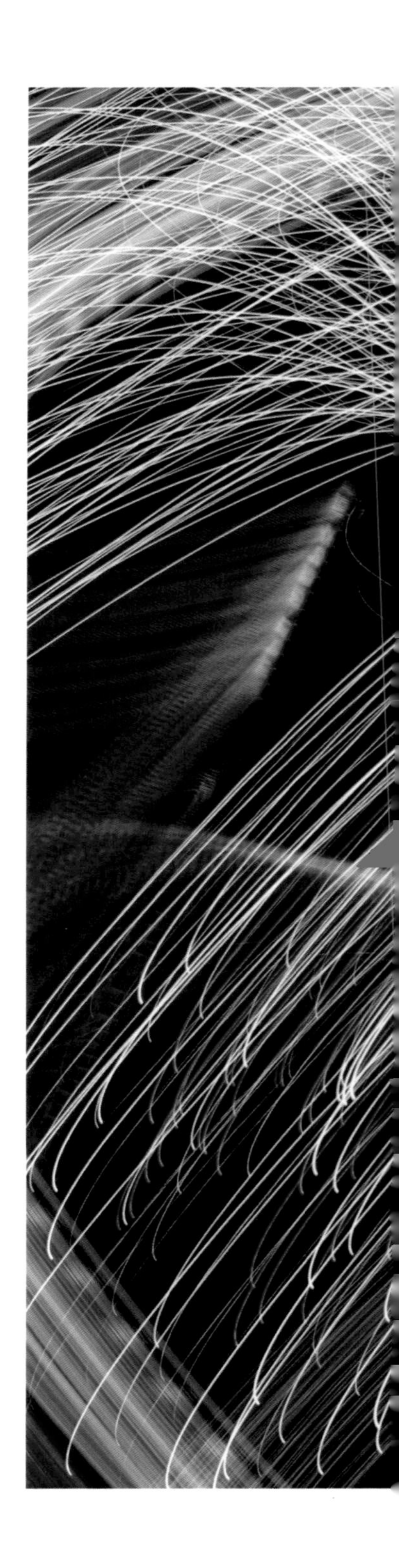

이 세상은 너 하나로 충분해

그리움이라고 말하고 싶어
아무런 꾸밈도 어떤 불편도 없는
향기로운 모습이었으니까
살면서 그런 빛을 본 적이 없어

일렁이며 반짝이는 아지랑이였을까
문득 뒤돌아본 그곳에
햇살 한 줌 휘감은 네가
사뿐히 그렇게 아무런 소리 없이
걸어오고 있었던 거야
눈부신 그대로의 모습으로
가만히 다가오고 있던 거야

엷은 웃음 드리운 너의 얼굴
가볍게 미소 지으며 내미는 손
하루의 힘든 무게조차
연기처럼 날려 버리던 눈빛

지친 공간까지 부드럽게 만들던 너
보고 있으면 더욱 그리운
들꽃 향기 머금은 네가
가슴에 스미듯 부드러운 미소로
걸어오고 있었던 거야
산뜻한 그대만의 모습으로
천천히 걸어오고 있던 거야

꿈이 아니었을까 아찔한 느낌

눈감아도 저절로 떠오르는 너의 얼굴

하루도 빠짐없이 보고 싶은 너

이 세상은 너 하나로 충분해

참 다행이야

어스름 새벽에도
하루의 힘을 채워주는
너의 미소가 있어서

일이 힘에 부쳐도
핏줄의 갈래마다 스며드는
너의 간절함이 있어서

고단하고 힘든 하루였어도
떠올릴 수 있는
너의 맑은 눈이 있어서

깊은 밤에도
빈 가슴을 따뜻이 채워주는
너의 마음이 있어서

늦은 꿈길에도
언제까지나 같이 할
너란 사람이 있어서

참 다행이야.

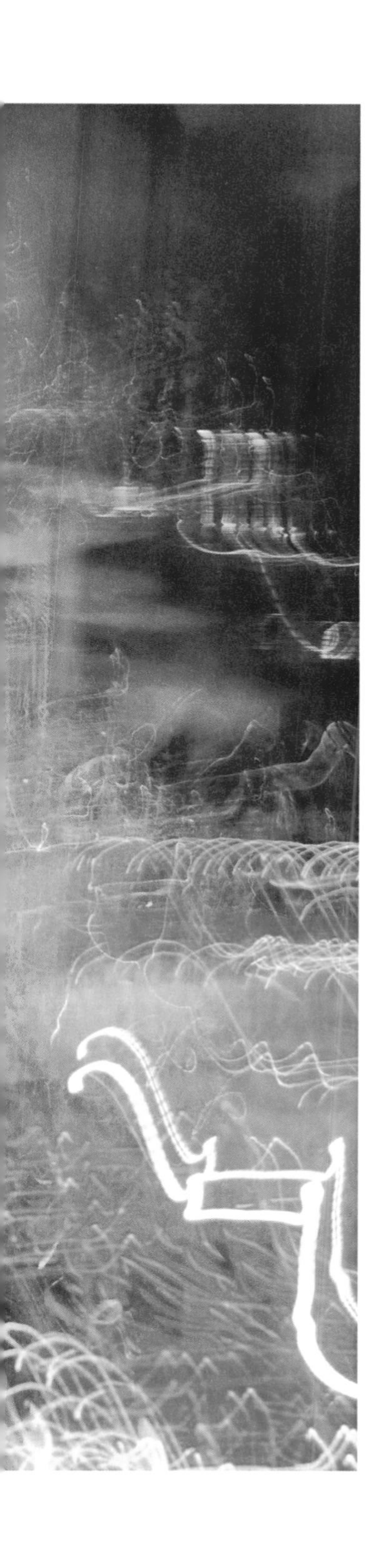

한 번이면 끝이다

여름이
바닥까지 녹아내리던 날
마음에 한 사람이
빛으로 스몄다

세상의 틈이 비틀렸거나
정신이 잠깐
삐끗거린다는 생각과 함께

머리가 이글거리거나
가슴이 터질 듯 부풀지 않았다면
눈치 채지 못했을 향기 아이

천 번을 살펴봐도 내 사람
한 번 가슴에 들어
끝까지 나눠가는 게 주어진 운명임을
시간이 지날수록 알겠다

한 사람을 위한 준비

그대 한 사람만을 위한 손전화기 음악 소리는
밤과 새벽, 낮에도
싱그럽고 투명한 비눗방울처럼
내 가슴에 랑랑랑 날아 들어온답니다
처음엔 귀에서 울리더니
얼마 지나지 않아 가슴을 흔들다
지금은 피부 끝에서부터
매끈히 타고 들어옵니다

늦게 잤는데도 일어나보니 아직 새벽
늦장 부리는 시간이 신기하기도 하지만
세상이 정지된 건지 답답하고 지루해집니다

요즘 들어
유난히 힘들고 복잡할 그대에게
깊숙이 쟁여두었던 마음을
남김없이 모두 보내 드립니다
밤낮으로 갈고 닦아
찬찬히 벼린 마음이므로
마음껏 받아 주셔도 되고
가슴속 어디든 넣어도 됩니다.

연두 빛 아기 떡잎의 입맛으로
엄마의 사랑 쪽쪽 빨아 먹을 수 있게
가슴으로 꼭 안아 주시면 더 좋아요

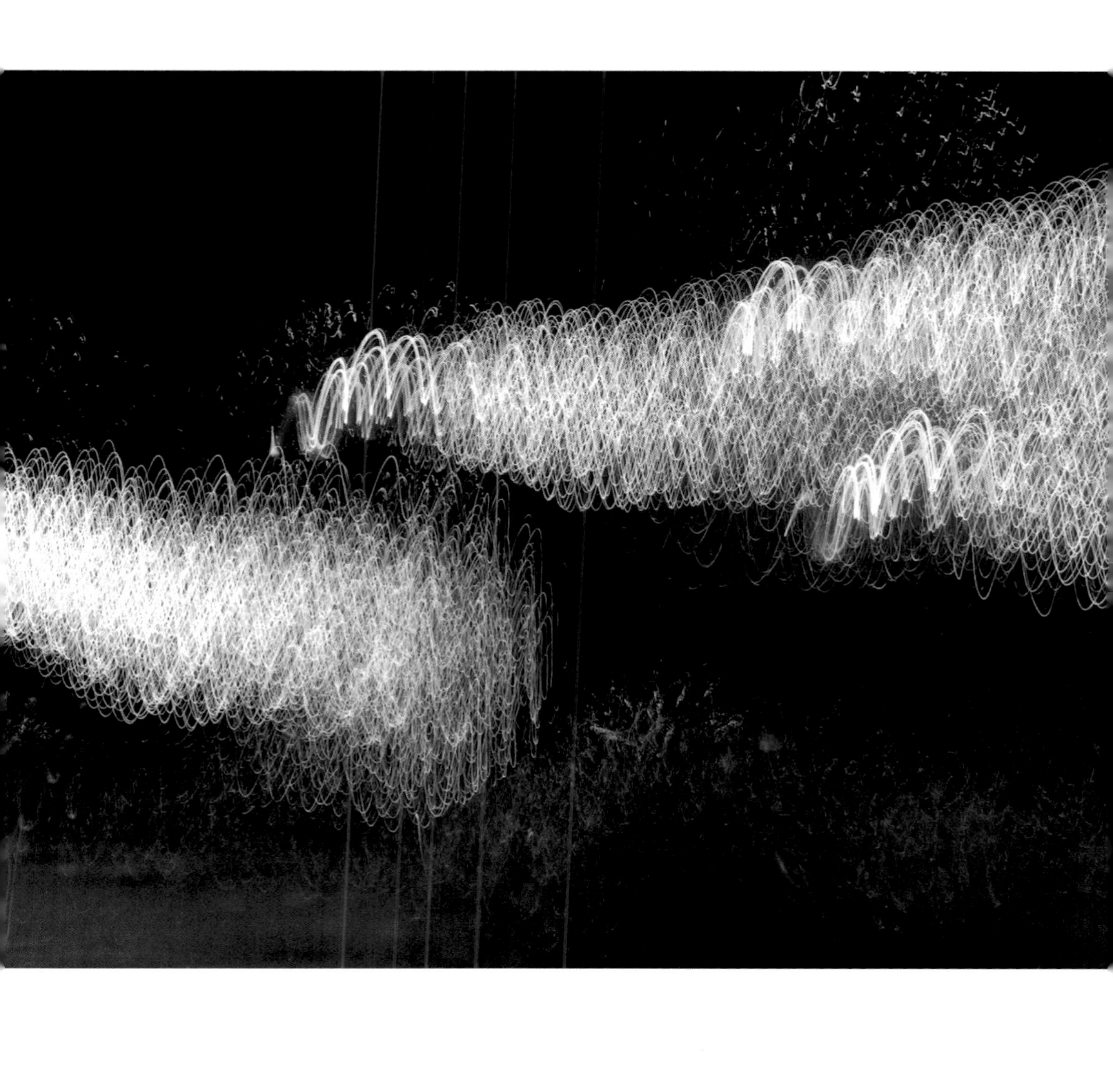

향기 아기의 오월

당신이 잠 못 이루고 기다렸을
계절이 왔네요

변덕쟁이 바람에 얹혀
쉴 새 없이 휩쓸리다가
문득 정신 차려보니
담벼락까지 따끈히 보듬는 햇살이
5월이라고 하네요

꿈에도 그리운
나의 향기 아이가
몸의 그늘에서부터
심장의 온도 올리며
활짝 피어날 5월이 온 거예요

시간에 쫓기고
척박한 현실에 내몰리면서도
미소를 소중히 품고 사는 당신은
한 남자의 세상에 존재하는
최고의 상상이지요

딛고 있는 땅이 딱딱하지만

아직 펼치지 않은 가능성을 키우고

꿈의 날개에 힘 채우며

내일을 숨 쉬는 이 공간이

드디어 5월이라고 하네요

안타까움

그게 무엇일지라도

무심코 살다가
그런 생각이 들었다

어떻게든 여름을 보내고
매번 겨울 치르는 나무처럼
평생을 인내해야 했던 것이
그대 자신이었던가 하고

말없이 살아내는 것이
무엇인지 알 것 같다
부모의 소박한 삶이 빚어낸 생명조차도
온전히 자신의 것이 아니어서
끝끝내 지켜내야 한다는
마지막 의지 아니었을까

살아있는 동안 받아들이기 힘든
얄궂은 운명인 걸 알면서도
일어나야 하는 또 아침을
죽도록 견뎌내야 하는 것도
부모의 희생에 최소한의 도리라 믿는
그대이어서가 아닐까 하고

그대가 그리 부모바라기 나무로 살면
나 하나쯤은
단단히 내린 뿌리 감싸며
한 줌 흙으로 살면 될 일.
이치 순리 모두 벗어던지고
오로지 나무의 생각을 먹으면서 숨 쉬면 될 일.
그게 무엇일지라도

그냥 흐르는 눈물

찬바람이 한 올만 불어도
가슴 떨어지고
절절 끓다가
녹아내리는 맹렬 더위에도
두근두근 가슴이 서성였다

때 아닌 두통으로
새벽 눈이 떠졌는데
생각이 자리 잡기도 전에
그냥 흐르는 눈물

손안에서 챙길 수만 있다면

내 소박한 보살핌으로
그늘과 휴식과 편안함을
잔잔히 줄 수 있다면

눈물쯤이야 매일 흐른들
어떨까 싶었다

그녀의 하루

문밖 나서기도 두렵던
큰 더위 하나가
가까스로 지났다
숨 고르기조차 눈치 보이는
무지막지한 열기

가만히 들어앉아 살펴보니
궁중 프라이팬이라도 순식간에 달굴
뜨거운 아지랑이
투명하게 일렁거리며
그늘까지 밀고 들어온다

한 사람의 새벽이 밝아오기도 전인데
가슴을 차고 드는 아픔
대신할 수 없는 그녀의 시간
골백번이라도 기꺼이 짊어지고픈
그녀의 고된 하루

그대에게 가는 길

그리움 품은 공간을
얼만큼 헤치고 나아가야
그곳에 도달할 수 있을까

추 끊어진 부표마냥
실오라기까지 모두 맡기고 기약 없이 떠밀려야
갈 수 있으려는가
태우고 또 태워
햇살보다 눈부신 열기의 끝까지 살라
공기보다 가벼워진 재 한 톨
바람 한 점 없어도 날아갈 만큼 가벼워져야
닿을 수 있으려는가

아쉬움과 안타까움까지
미어지게 다진 마음 늘리고 이어서
거미줄처럼 갈라진 가슴 촘촘히 메우고 나서야
만날 수 있으려는가.

보이지 않는 마음
잡히지 않는 공간
그대에게 가는 길.

내가 할 수 있는 일이란

시간이
계절의 체온을 뜨겁게 지펴
세상을 흐물흐물 녹여 내리던 어느 오후부터
내가 할 수 있는 일이란
깨어있는 내내 가만히 향기 아이를
떠올리는 일뿐이었습니다

굵다란 장대비가 기록을 경신해 가며
종일 소란을 떨어댈 때도
나무들이 바짝 마른 잎사귀들을
폭신하게 쟁여놓을 때도
내가 할 수 있는 일이란
들꽃 아이의 시린 고뇌의 손을
가만히 잡아주는 것뿐이었습니다

꼭 하나 바라는 게 있다면
알뜰하게 꾸려온 그대 귀한 시간이
삶의 무게에 짓눌려
정작 필요할 때 비어있지 않도록
간절한 바람이 그저 평범한 현실일 수 있도록
하늘에 닿는 기도로 올리는 것뿐입니다

내가 할 수 있는 일이란 게요

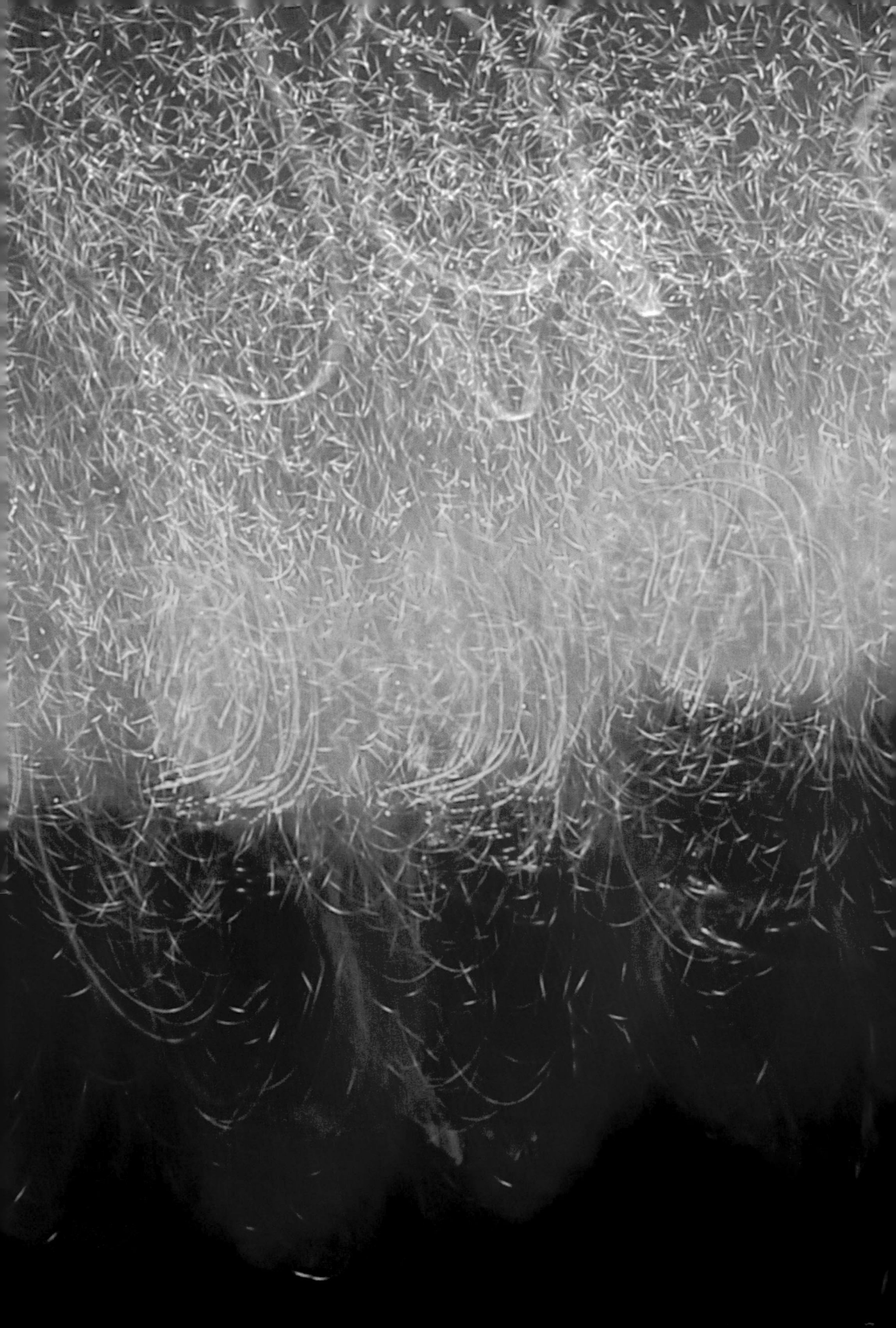

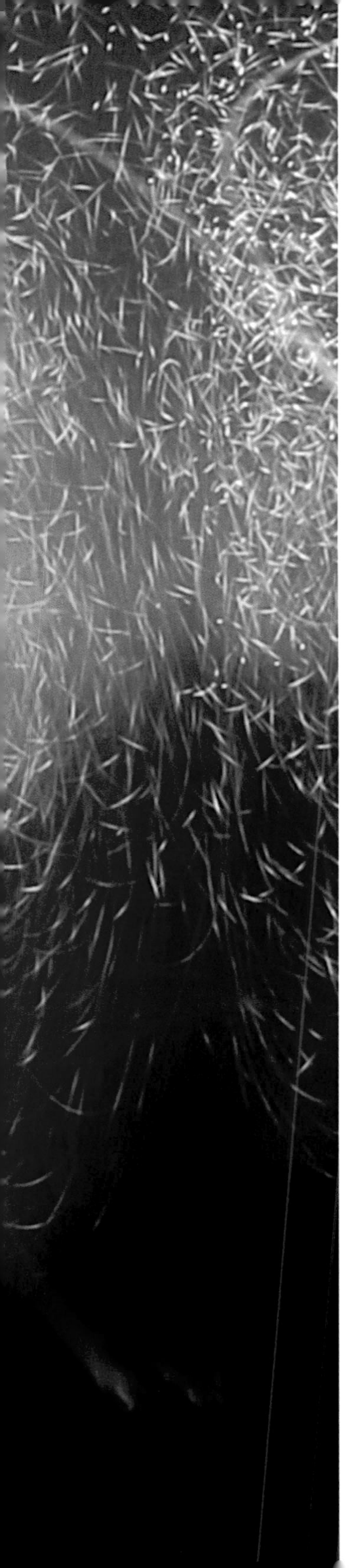

너를 생각하면

겨울보다 추웠어

지치고 피곤한 밤
새벽 앞에
높다랗게 선 어둠이
너의 등 뒤로 사라지기 전까지

가파른 계단 꼭대기에서
굴러 떨어지는 것처럼
가슴이 거칠게 덜컹거려

심장이 터질 때까지
달리고 싶고
끝도 없이 무너져 내리기도 해

너를 생각하면.

당신이 고팠던 거였다

허기지는 것 같아
밥 한 그릇 그득 떠서
허겁지겁 퍼먹었다
몇 술에 더부룩하고
배가 고파지는 것 같더니
끄윽끄윽 슬퍼졌다

가끔 이런 허기가
불쑥불쑥 찾아왔다

이상해서 자꾸 먹었는데
가슴이 더 허해졌다

어느 순간 밥 한술에 눈물 한 방울
반찬 한 점에 그리움이
소리도 없이 디밀고 올라왔다
수없이 숟가락 오르내리며
어렴풋이 알 것 같았다
당신이 고픈 거였다.

당신이기에

보이지 않는 속도로
몸과 정신이 쇠락해 간다 해도
흔들리거나 낙심하지 않아요
당신이기에
천년이라도 기다릴 수 있답니다

젊은 날이 아니어서
말할 수 없이 안타깝지만
세상보다 더 큰 사람
당신이어서
얼마나 다행인지요

조급하거나 낙담하지 않아요
일상의 시간이 아니었을 테니까요
현실의 굴레에 묶여있는 생각까지
자유로이 열어봐 주세요
말하지 못하는 사랑이라 하더라도요

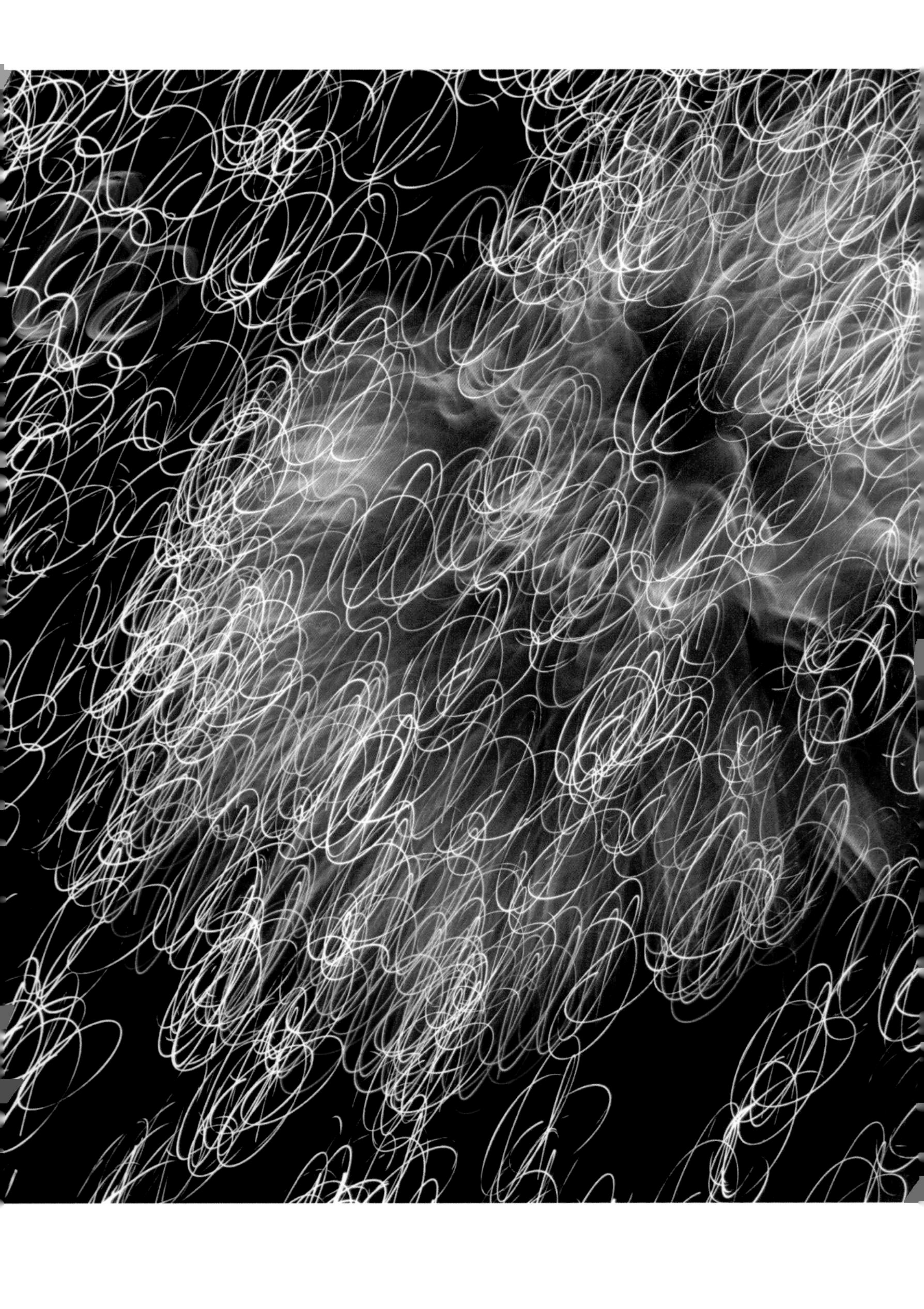

바람과 너

바람이 불 때마다
너가 그립다.

산에 올라
희뿌연 세상 볼 때도
몇 년 만에 만난
오랜 친구와 반갑게 이야기 할 때도
그 앞에 자연스레 네가 와있다

맛있는 음식 보면
왈칵 보고프고
수많은 곳에서 세계 속의 비경 만나면
시린 콧등 위에 있는 너를 만난다

그냥 아무런 이유 없이
햇살이 내리는 날에
널 가로채고 싶다

사랑하는 방식

가끔
새벽인지 밤인지
어둠과 빛이 뒤섞여
혼동을 일으킵니다

숨을 크게 몰아쉬는데도
가슴이 답답해집니다

잠을 청할수록
생각이 맑아지기도 하고요

눈 감으면
더 또렷이 다가옵니다

막연히 기다리는 것도
당신을 생각하는
익숙한 표현이 되어갑니다

언제부턴가
생각하는 방식조차
특별하게 자라며
시간과 공간을 무색하게 만듭니다

끝끝내

한 줌의 숨결이 남는다면

그조차도

그대일 것입니다.

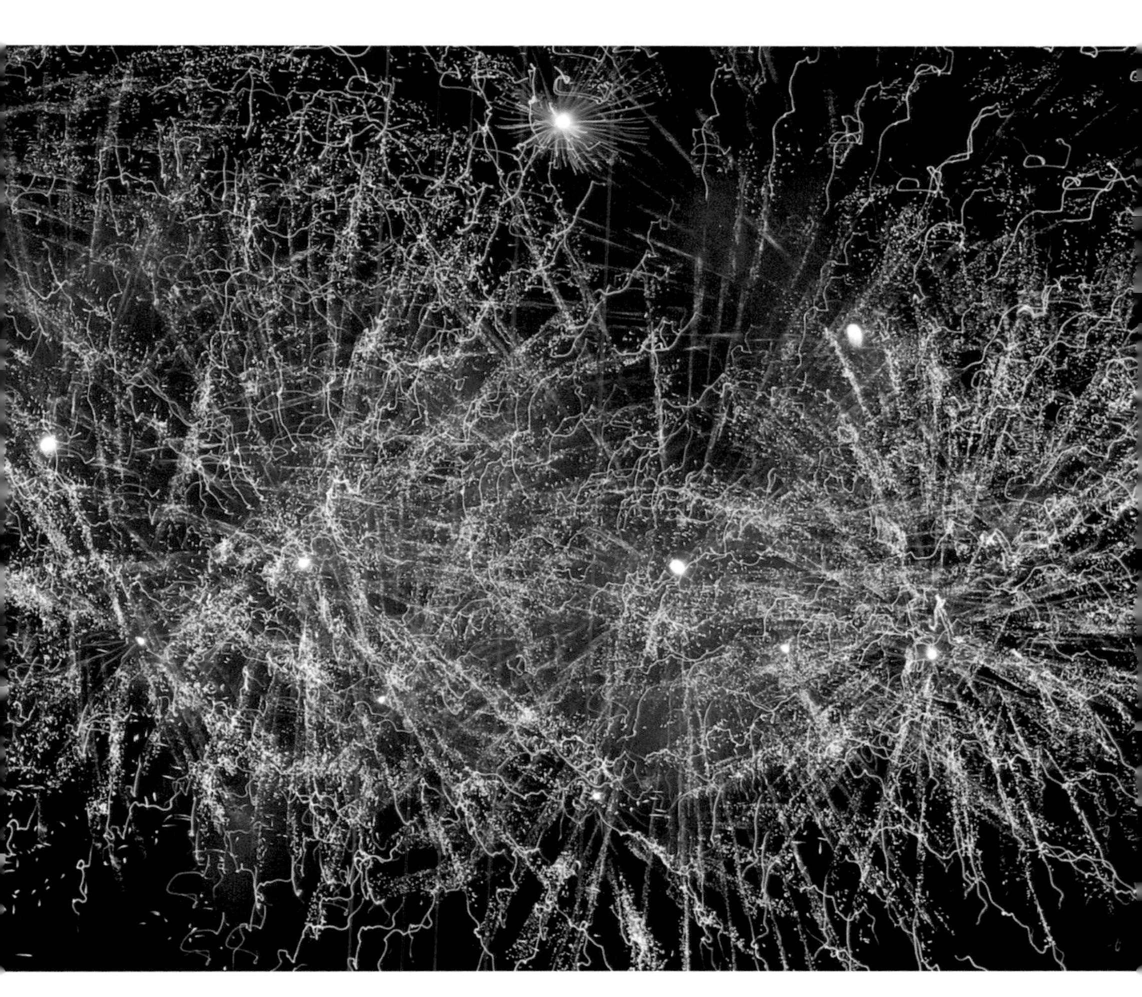

사랑한다는 말

그대
기억하나요

그건
오랫동안 품어서
가까스로 진정시킨 마음 중에
슬그머니 삐져나온
단 한마디였을 거예요
생각만으로도 터지려 하는데
어찌 쉽게 말로 다 하겠어요

잠이 들 때도 깨어날 때도
오직 한 가지 생각만 나지요
지치고 힘들어도
괴롭고 아플 때도요
간신히 삼키고도
못 다 챙겨 넣은 말이었어요

오직 그대 한 사람
사랑한다는 말을요.

살아서 살면서

살면서 지키지 못할 것이 있는가
살아서 넘지 못할 것이 있는가
한 사람을 가슴에 두고
버리지 못할 것이 있는가
목숨 하나 기꺼이 걸고
가누지 못할 것이 있는가

향기 아이 만나
어리석음에 짓눌렸던 눈 뜨고
그 청순한 마음으로
척박한 가슴까지 적셨으니
그보다 더 소중한 가치가 있을까
세상보다 큰 사람을 품고
더 바랄 것이 있을까

이제는
가슴의 전부를 열어
살아서
살면서
벅차게 담긴 향기를
알뜰히 살펴야 할 때이지 않을까

시린 것도 아픔일까

아주 조심히 다루려 하지만
워낙 가벼운 것들이라
잘 만져지지도 않았고
흔적도 남지 않았다

정신없이 일하다 보면
잠깐 돌아볼 짬조차 없을 때가 많아서
시큰시큰 아려 와도
그러려니 했다

사뿐히 들어앉은 걸 보니
세상에서 가장 소중한 존재일 텐데
거친 숨 다독일세라
구석에 아무렇게나 앉았을 때에야
땀으로 살그머니 흘러내려
그제서 그 사람인 줄 알았다

바람이 부는 것도 아닌데
자꾸만 시려왔다.

안타까운 사람

그냥은 바라볼 수 없는
지나치게 부드럽고 가녀린 사람

가슴으로 머금기에는
한없이 섬세한 사람

가누려던 생각으로도 남아
기억 속속들이
아쉬움으로 젖어드는 사람

온몸을 다 열어도
온전히 들이지 못할 사람

단단히 마음 다지지 않고는
한 줌도 여의치 않은 사람

갖고 싶었어도
평생을 머금고 싶었어도
어느새 저만치 멀어져 가던
참 어려운 사람

끝내 마음의 발길이
편하게 닿지 못하는

안타까운 사람.

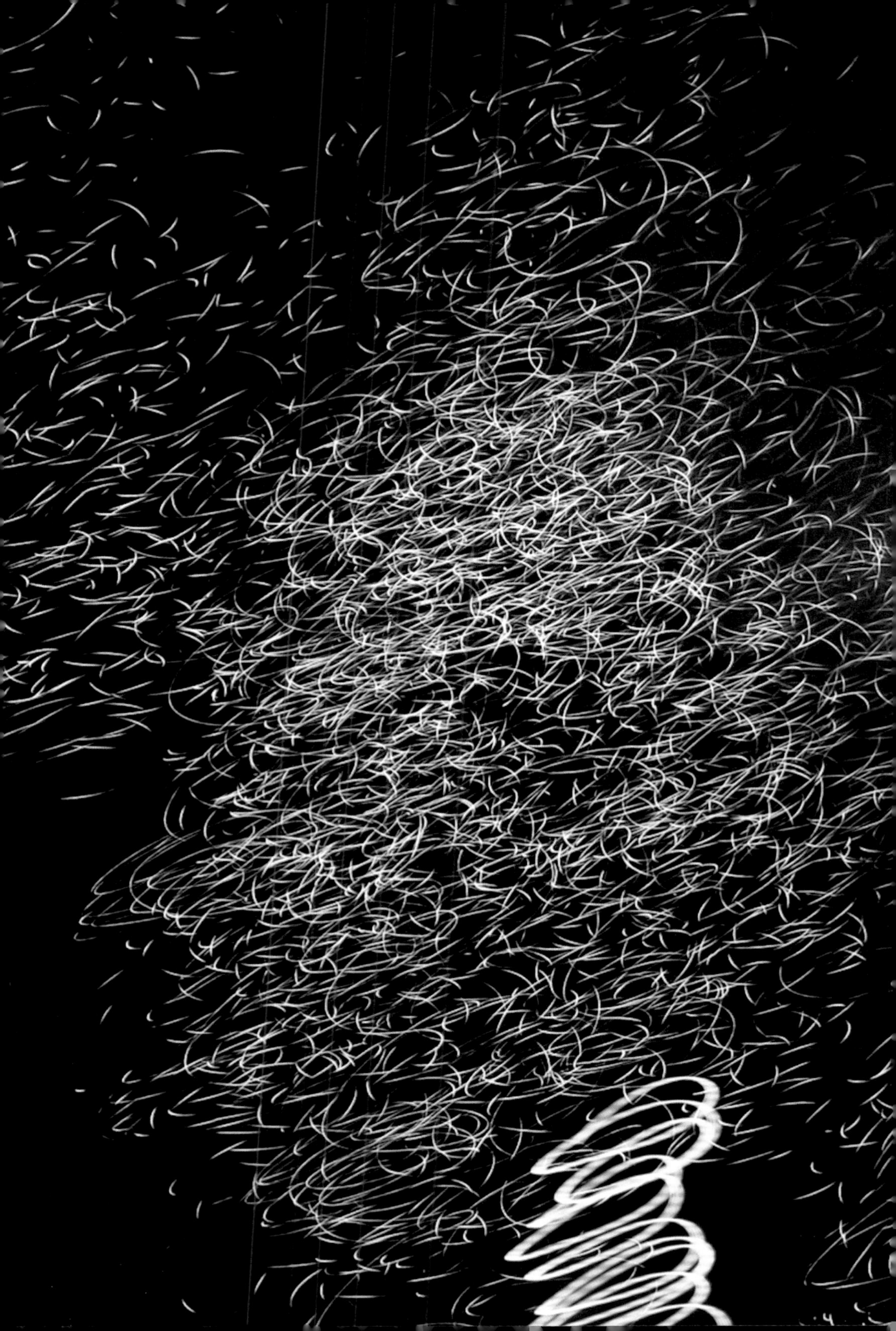

어제오늘 일도 아닌데

돌아서면 보고픈 게
어제오늘 일이 아닌데
이다지도 매일 매일 새로운 걸까

두근거림이 새롭고
시큰거리는 콧잔등이 새롭고
울컥 오르는 목멤이 새롭다

돌아서면 그리운 게
하루 이틀 일이 아닌데
떠올릴 때마다
어쩜 그리 속속들이 아릴까

그 사람의 그늘이 아리고
바삭거리는 뒷모습이 아리고
터놓고 열리지도 않은
그 사람과 나의 시간이 아리다

깨어 있어서 말 못 할 아픔이여
스스로 잠들지 못하는 안타까움이여

아직 남아있는 것 중에
생경하고 험한 것 모두 걸러서 우르르
내게 쏟아두고 갔으면
불편한 찌꺼기 마지막 한 조각까지
후두둑 던져주고
가벼운 걸음 갔으면

어제오늘 일도 아닌데
생각하는 것만으로
바닥까지 아리다

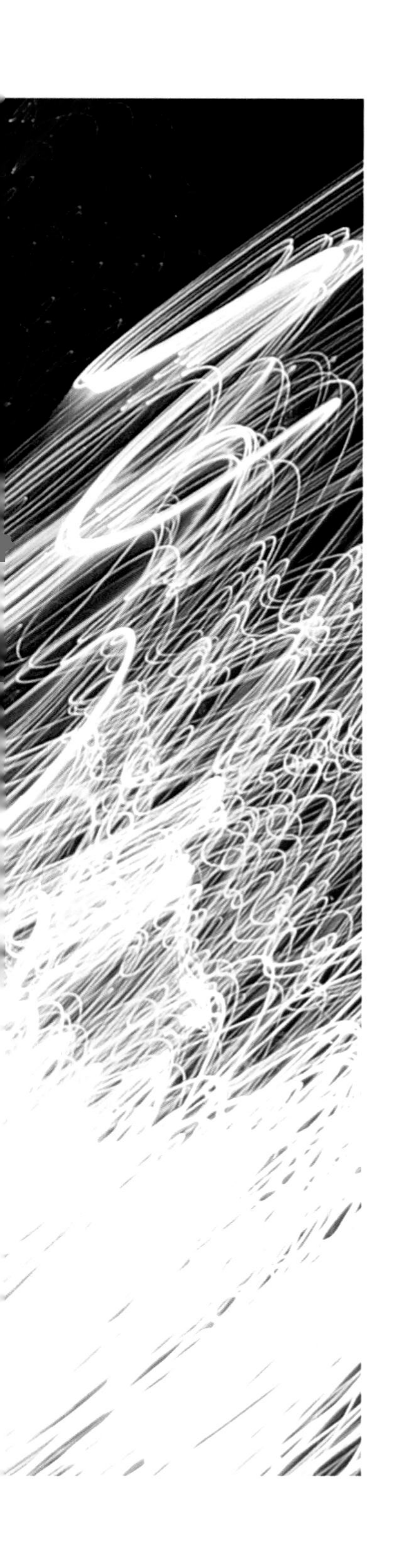

첫눈에 붙이다

며칠이나 건너 세운 날들이
지난밤에야 한 귀퉁이
어설프게 부서져 내리고
불안하게 두근거리던 가슴
그제야 쪽잠을 만난다

채 닿지 않았던 마음이
밤마다 뒤척이다
서둘러 나선 새벽길 첫눈에
그만 목을 놓는다

엇갈린 생각들
희끗거리는 어둠에 걸려
조각조각 떨어져 나가자
들꽃의 찢긴 가슴이
세상을 펑펑 하얀 멍울로 뒤덮는다

흐르는 것들

새벽부터 은근한 열기가
따끈하게 꽂혀 들고 있다

많은 것들이 어지럽게 내린다

가슴속에서
생각 속에서
끊임없이 떠다닌다

그것은
세상 밖으로도
흐르는 것들이었다

들꽃이 그랬고
향기도 그랬으며
그 아이의 깨어진 미소가 그랬다

기다리기라도 했던 건지
햇살 뭉치도 바람에 실려
멋모르고 환하게 흘렀다

사진작가의 말

사람이 보지 못한 것을 기계가 본다.
기계가 보지 못하는 것을 사람이 본다.
십 수 년 간 불꽃을 쫓아다니며
기계와 내가 같이 본 세계를 세상에 내 놓는다.
어린 아이 게임에 미치듯 새벽까지 해도
이 지지치 않는 달콤한 작업
늘 아쉬움이 남는 미완의 작업이지만 참으로 즐거운 창작이다.

'당신의 사진이 맘에 들지 않는다면
당신은 충분히 피사체에 다가가지 않은 것'이라고 한
어느 사진가의 말이 맞는지 잘 안 맞는지는 모르겠지만
피사체와 교감하며 카메라에 담을 때
혈압이 오르고 맥박이 요동치던지
아니면 눈물이 났는지가 내 입장에선
확실한 작품의 기준이 되었던 작업이다.
나는 정말 좋은 노래를 들을 때 자주 눈물을 흘린다.
그런데 사진을 알고 이 행위 하나가 늘은 것 같다.
이게 예술의 맛이고 힘이라면
사람은 예술이 미칠 필요가 있고
많은 시간을 예술에 투자할 필요가 있다.
얼마나 기쁘면 눈물이 나는지는
인생 살면서 생활해본 사람이라면

이 말의 뜻을 충분히 알 것이리라

사진을 대학에서 존경하는 교수님한테
찍는 것에서부터 암실작업 등 처음 배우고
나의 표현 도구는 100배 늘은 기분이었다.
보물섬을 몰래 혼자 발견한 기분이 딱 맞다.
특히 카메라를 사용하지 않고 피사체를 인화지 위에 올려놓고
빛을 쪼인 후 인화하는 포토그램을 배우고는
사진이 빛 그림(光畵)이라는 것을 확실히 알게 되었고
나는 창작에 날개 하나를 확실하게 더 달았다.
이 행위를 열심히 개척한 만 레이와 모홀로 나기에게는
지금도 감사한 마음으로 살고 있다.

필름이라는 아날로그의 시절을 충분히 보내고
내겐 포토샵이라는 도구도 주어졌고 날로 발전한 카메라 기계도 주어졌다.
목수에게 잘 드는 첨단 톱과 망치가 생겼다.
이때부터 나는 이 도구를 '디지털 붓'이라고 명명했다.
오늘도 나는 디지털 붓을 들고 어릴 적 화가의 꿈을 달래고 있다.
광고인이라는 직업상 상업적 환경에서의 주문이라는
요구에 맞는 사진 작업도 많이 하지만
내 마음이 주문한 작업을 할 때도 많다.
어떨 땐 이 두 환경이 겹칠 때도 있다.
일석이조이자 요즘 말로 가성비 갑인 순간이다.

이 책의 저자 백승훈의 시와 콜라보로 들어있는 작품들은
아무에게도 방해받거나 어떤 주문도 없는 무의 상태에서

그냥 피사체 앞에서 디지털 붓을 휘둘러 기계에 담은 것이다.
내 눈에 환상처럼 보였던 눈물 나도록 아름다운 불꽃을
불나방처럼 찾아다니며 몰입해 얻는 분신이다.
상당수의 작품은 우리나라에서 열리는 세계불꽃축제를 담은 것이고
몇 작품은 세계 여러 나라에 갔을 때 불빛을 담은 것이다.
공간에서 표현된 수많은 선은 불꽃의 궤적이다
그것이 모여 면이 된 것도 있고 혼자 점으로 있는 것도 있다.
몸을 보여주며 굳이 세포를 얘기할 필요는 없겠지만
설명하자면 이렇단 얘기다.
어떤 화백님이 내 작품을 보고는 생동하는 선들이
마치 꿈틀거리는 고흐의 풍경화처럼 회화 작품을 보는 듯하다고
멋진 말로 대변해 준 적이 있다
사람을 새로 만나는 즐거움도 크지만
새로운 피사체를 만나는 즐거움도 내겐 솔깃한 일이다
시와 즐겁게 어우러져 있는 내 작품도
이 책을 접하는 독자에게 솔깃한 새로운 만남이 되길 소원해본다.

시낭송자

김숙현
(낭송가, 사업가)

백승훈
(시인, 수필가, 작곡가, 기자)

윤일기
(광고학 박사, 교수)

이혜정
(시인, 낭송가, 한국시낭송뉴스 대표)

표지 화가

서양화가 **백순길**(Baek Soon-Gil / 白舜吉)

세종대학교에서 서양화를 전공한 백순길 화백은 중앙미전과 국전을 휩쓸 만큼 발군의 표현력과 묘사력을 겸비한 화가였다. 그의 오른손은 화려했고 섬세했으며 지나치게 수려했다. 어느 날 뇌출혈로 쓰러져 죽음의 문턱에서 오랜 시간 사투를 벌이다 극적으로 회생했다. 그리고 시작된 게 왼손의 새 역사다. 감각적이면서 부드럽게 다시 태어나서 작품에 투혼을 불사르고 있는 백순길 화백은 한 손(왼손)으로의 삶 속에 그림은 그의 전부다. 오른쪽 뇌의 신선함으로 캔버스 앞에 앉는 그는 작품에 끊임없이 몰두하는 진정한 예술가다.

- 개인전 5회
- 아트페어 비엔날레: 2015 Incheon ART FAIR of MECENAT(인천) / 2016 제5회 PINK ART FAIR SEOUL(PAFS)(서울) / 2016 아트경주(경주) / 2016 경남국제아트페어(창원) / 2017 서울아트쇼(서울) / 2018 PO-파르페(원주) / 2018 바다의 다리-제1회 한중호텔 아트페어(중국) / 2018 바자르 아트 자카르타 10th(자카르타) / 2018 제1회 포항 아트 앤 그래프트 호텔 페어(포항) / 2018 홍콩 콘템포라리 아트 쇼우 13th(홍콩) / 2018 싱가폴 어포더블 아트페어(싱가폴) / 2018 마이애미 스콥 2018(미국) / 2019 제2회 한중 호텔아트페어(중국) / 2020 제27회 한국미술국제대전(서울)
- 그룹전: 2016~ 13회, 1984~2008 다수
- 중국 위해시 반도미술관 소장
- 한국미협회원, 한국미술국제대전회원
- E-mail: baeksoongil@gmail.com / CP: 010-3291-1199
  페이스북: https://www.facebook.com/soongilbaek.art

STON-공해지대 122.0cm×122.0cm Acrylic on Canvas 1992

공존II 116.6cm×91.0cm Acrylic on Canvas 2009